杨武能译
德语文学经典

海涅抒情诗选

〔德〕海因里希·海涅 著
杨武能 译

图书在版编目（CIP）数据

海涅抒情诗选/（德）海因里希·海涅著；杨武能译.—北京：商务印书馆，2023
（杨武能译德语文学经典）
ISBN 978-7-100-21922-8

Ⅰ.①海… Ⅱ.①海…②杨… Ⅲ.①抒情诗—诗集—德国—近代 Ⅳ.①I516.24

中国版本图书馆CIP数据核字（2022）第248725号

权利保留，侵权必究。

杨武能译德语文学经典
海涅抒情诗选
〔德〕海因里希·海涅 著
杨武能 译

商务印书馆出版
（北京王府井大街36号 邮政编码100710）
商务印书馆发行
北京艺辉伊航图文有限公司印刷
ISBN 978-7-100-21922-8

2023年3月第1版　开本880×1230　1/32
2023年3月北京第1次印刷　印张16½
定价：88.00元

序一

《杨武能译德语文学经典》序

王　蒙

　　熟知杨武能的同行专家称誉他为学者、作家、翻译家"三位一体"，眼前这二十多卷《杨武能译德语文学经典》收德语文学经典翻译，足以成为这一评价实实在在的证明。身为大学教授和博士生导师的杨武能，尽管他本人早就主张翻译家同时应该是学者和作家，并且身体力行，长期以来确实是研究、创作和翻译相得益彰，却仍然首先自视为一名文学翻译工作者，感到自豪的也主要是他的译作数十年来一直受到读者的喜爱和出版界的重视。搞文学工作的人一生能出版皇皇二十多卷的著作已属不多，翻译家能出二十多卷的个人文集在中国更是破天荒的事。首先就因为这件事意义非凡，我几经考虑权衡，同意替这套翻译家的文集作序。

　　至于杨教授为数众多的译著何以长久而广泛地受到喜爱和重视，专家和读者多有评说，无须我再发议论了。我只想讲自己也曾经做过些翻译，深知译事之难之苦，因此对翻译家始终心怀同情和敬意。

　　还得说说我与杨教授个人之间的交往或者讲情缘，它是我写这篇序的又一个原因，实际上还是更直接和具体的原因。

前排左一为中国作家协会副主席冯牧,左五为中宣部副部长周扬,左七为对外文委主任林林;二排左三为王蒙,左五为德国大诗人恩岑斯贝格;三排左二为杨武能

陪德国作家游览十三陵

1980年，我奉中国作家协会指派，全程陪同一个德国作家访问团，其时还在中国社会科学院跟冯至先生念研究生的杨武能正好被借调来当翻译。可能这是访问我国的第一个联邦德国作家代表团吧，所以受到了格外的重视。周扬、夏衍、巴金、曹禺等先后出面接待，我和当时的小杨则陪着一帮德国作家访问、交流、观光，从北京到上海，从上海到杭州；到了杭州，记得是住在毛主席下榻过的花家山宾馆里。

一路上，中德两国作家的交流内容广泛、深入，小杨翻译则不只称职，而且可以说出色，给德国作家和我们留下了深刻印象。我和他当时都还年轻，十多天下来接触和交谈不少，彼此便有所了解。后来尽管难得见面，却通过几次信，偶尔还互赠著作，也就是仍然彼此关注，始终未断联系。比如我就注意到他一度担任四川外语学院的副院长，在任期间发起和主持了我国外语

2018年，中国现代文学馆马识途百岁书法展，老哥儿俩最近的一次喜相逢

界的第一次大型国际学术研讨会；知道他因为对中德文化交流贡献卓著，获得过德国国家功勋奖章和歌德金质奖章等奖励；知道他前些年在广西师范大学出版社出版《杨武能译文集》，成为我国健在的翻译家出版十卷以上大型个人译文集的第一人，如此等等。不妨讲，我有幸见证了杨武能从一名研究生和小字辈成长为著名译家、学者、教授和博导的漫长过程。

杨教授说，像我这么对他知根知底且尚能提笔为文的"前辈"，可惜已经不多，所以一定要把为文集写序的重任托付给我。我呢，勉为其难，却不能负其所托，为了那数十年前我们还算年轻的时候结下的珍贵情谊！

序二

文学经典翻译与翻译文学经典

许 钧[*]

近读乔治·斯坦纳的《巴别塔之后——语言与翻译面面观》，书中有这么一段话："为了接近古人，得到精确的回响，每一代人都会出于这种强烈的冲动重译经典，所以每一代人都会用语言构筑起与自己相谐的过去。"[①]重译经典，在我看来，绝不仅仅是为了接近古人、构筑过去，而更是赋予古人以新的生命。文学经典的重译，就其根本意义而言，是文学经典重构与生成的过程。我一直认为，一部好的文学作品，一定呼唤翻译，呼唤着"被赋予生命的解读"。没有阐释与翻译，作品的生命便会枯萎。是翻译，不断拓展作品生命的空间，延续作品生命的时间。以此观照商务印书馆即将推出的《杨武能译德语文学经典》，我想向德语文学经典新生命在中国的创造者、杰出的翻译家杨武能先生致以崇高的敬意。

---

[*] 浙江大学文科资深教授，中华译学馆馆长。

[①] 斯坦纳.巴别塔之后——语言与翻译面面观［M］.孟醒，译.杭州：浙江大学出版社，2020：34.

一个杰出的翻译家，需要具有发现经典的眼光。我和杨武能先生相识已经快35个年头了。1987年，我在南京大学读研究生，主攻文学翻译与研究，那时杨武能先生因为重译了郭沫若先生翻译过的《少年维特之烦恼》，在国内文学翻译界声名鹊起，影响很大。时年5月，南京大学召开中国首届研究生翻译研讨会，南京大学研究生翻译学会让我与杨武能先生联系，我便向他发出了诚挚的邀请，恭请他出席研讨会做主旨报告，指导后学。那次报告的具体内容我已经记不清了，但我永远忘不了在会议期间的交谈中他叮嘱我的一句话："做文学翻译，要选择经典作家。"选择，意味着目光与立场。梁启超曾在《变法通议》中专辟一章，详论翻译，把译书提高到"强国第一义"的地位。而就译书本

1985年，南京大学召开中国首届研究生翻译研讨会，我和杨先生及会议主办者合影于南京大学大门前。中间者为杨先生

身，他明确指出："故今日而言译书，当首立三义：一曰，择当译之本；二曰，定公译之例；三曰，养能译之才。"梁启超所言"择当译之本"，便是"译什么书"的问题。他把"择当译之本"列为译书三义之首义，可以说是抓住了译事之根本。回望杨武能先生60余个春秋的文学翻译历程，我们发现，从一开始他就把"择当译之本"当成其翻译人生的起点与基点。选择经典，首先要对何为经典有深刻的理解。文学经典，是靠阅读、阐释与翻译不断生成的。一个好的翻译家，不仅要对经典有自己独到的理解与领悟，更要在准确把握原文意义的基础上，把原文的精神与风貌生动地表现出来，让文学经典成为翻译经典。60余年来，杨武能先生翻译了近千万字的德语文学作品，无论是古典主义的《浮士德》、浪漫主义的《格林童话全集》、现实主义的《茵梦湖》，还是现代主义的《魔山》，每一部都堪称双重的经典：文学的经典与翻译的经典。首创性的翻译，是一种发现；成功的重译，是一种超越。我曾在多个场合说过，翻译，是历史的奇遇。一部好的作品，能遇到像杨先生这样好的译家，那是作家的幸运，也是读者的幸运。

　　一个杰出的翻译家，需要具有创造的能力。发现经典、选择经典是文学翻译的起点，而要让原作在异域获得新的生命，则需要译者付出创造性的劳动。莫言在诺贝尔奖颁奖典礼上发表感言时说："我还要感谢那些把我的作品翻译成世界很多语言的翻译家们，没有他们创造性的劳动，文学只是各种语言的文学，正是有了他们的劳动，文学才可以成为世界的文学。"创造性，是翻

1985年《译林》创刊5周年招待会上，与杨先生及诗人兼翻译家赵瑞蕻合影，左二为杨先生

译应具有的一种精神，也是历代译家所追求的一种境界。杨武能先生深谙翻译之道，他知道，一部文学佳作要在异域重生，需要翻译家发挥主体性，不仅译经典，更要还它以经典。早在1990年，他就撰写了《文学翻译与翻译文学：兼论翻译即阐释》一文，在文中明确区分了文学翻译与翻译文学的概念，指出："要成为翻译文学，译本就必须和原著一样，具备文学一样的美质和特性，也即除了传递信息和完成交际任务，还要具备诸如审美功能、教育感化功能等多种功能，在可以实际把握的语言文字背后，还会有丰富的言外之意，弦外之音，以及意境、意象等难以言传、只可意会的玄妙的东西。"[1]基于这样的认识，他对文

---

[1] 杨武能.译翁译话［M］.杭州：浙江大学出版社，2020：279.

学翻译应达到的高度有着自觉和积极的追求。他认为，"面对复杂、繁难、意蕴丰富、情志流动变换的原文"，译者不能"消极地、机械地转换和传达或者反映"，应该主动"深入地发掘、发扬和揭示"。为此，他调遣各种可能，去创造性地重现《少年维特的烦恼》中蕴含的多重情致与格调，传达《魔山》独特的哲理性与思辨性，"再现大师所表达的丰富深刻的思想、精神，感受，再创杰作所散发的巨大强烈的艺术魅力"（见《译翁译话》第82页）。

一个优秀的翻译家，应该具有不懈求真的精神。杨武能先生译文学经典有一个明确的目标，就是要"创造传之久远的、能纳入本民族文学宝库的翻译文学，要创造美的翻译和美玉、美文"（见《译翁译话》第19页）。文学翻译，要具有文学性，具有审美特质，具有美的感染力。作为一个优秀的翻译家，杨武能先生清醒地知道，当下的文学翻译界对于"美"的认识存在着不少误区，甚至有的把翻译之"美"简单地等同于辞藻华丽。他强调说明："我翻译理念中的'美'，指的是尽可能充分、完美地再创原著所拥有的种种文学美质。而非译者随心所欲地想怎么美就怎么美，更不是眼下一些人津津乐道的所谓的'唯美'。"（见《译翁译话》第19页）换言之，追求翻译之美，在于追求翻译之真，需要有求真的精神。再现美，首先要把握原作的美学价值与审美特征，为此必须对原作有深刻的理解。杨武能先生在文学翻译中始终秉承科学求真的精神，对拟译的文本、作家有深入的研究、不懈的探索，坚持在把握原文的精神、风格与特质的基础上再现原作之美，以达到形神兼备。翻译与研究互动，求真与求美融通，构成了杨武能先生文学翻译的一大特色，也因此铸就了杨武能先生翻译的伦理品格。

发现经典、阐释经典、再创经典，这便是杨武能先生的文学翻译之道。杨武能先生的译文，数量之巨、涉及流派之多、品质之高、影响之广，难有与之比肩者。开风气之先，以翻译不断拓展思想疆域的商务印书馆陆续推出《杨武能译德语文学经典》，这在中国的文学翻译出版史上是件大事，可喜可贺。在《杨武能译德语文学经典》即将与读者见面之际，杨先生嘱我写序，我欣然从命。一是因为我们有特殊的校友之情，在南京大学建校110周年之际，我曾写过一篇文章，题目叫《一直引着我前行——我心中的杰出校友杨武能先生》，对这位前辈校友，我心存感激：

2018年，中国翻译史上的大事件：中华译学馆成立！照片中前排左一为唐闻生，左三为杨先生，左二为本人

在我的翻译与翻译研究之路上，在我前行的每一个重要的路段，在我收获的每一个重要的时刻，都有他留下的指引的闪光。南京大学有幸有杨武能先生这样杰出的校友，他的杰出不仅仅在于他卓越的学术建树、他在国际日耳曼学界广泛的影响，更在于他在与后学的交往中所体现出的一种榜样的力量。二是因为我深知这是一份重托：前辈的文学翻译之路，需要一代代新人继续走下去；前辈的翻译精神，需要后辈继承与发扬。让我们从阅读《杨武能译德语文学经典》开始，追随杨武能先生，以我们用心的细读和深刻的领悟，参与经典的重构，让外国文学经典在中国的新生命之花更加灿烂。

2021 年 8 月 1 日于南京黄埔花园

自序

天时·地利·人和
成就译翁"一世书不尽的传奇"

我应约写过一篇《我的外语生涯》[①]，回顾自己半个多世纪学外语、教外语、担任外语学院领导，以及使用外语做学术研究和进行国际文化交流的点滴往事和心得，以庆祝中国共产党成立100周年。这回我再写一文介绍我的翻译生涯，作为即将面世的《杨武能译德语文学经典》的自序。

60多年以外语为生存手段，教书和学术研究是我的本职工作，说多重要有多重要；然而，我毕生心心念念的却是文学翻译，梦寐以求的是成为一名文学翻译家兼作家，文学翻译才是我真正的志趣、爱好和事业。眼前这套《杨武能译德语文学经典》，乃我60多年心血的结晶。它犹如一棵树冠如盖的巨树，树上结满了鲜艳夺目、滋味鲜美、营养丰富的果实；它长在一片土壤肥美、风调雨顺的大园子里。这座历史悠久的名园叫：商务印书馆！

[①] 选自：王定华，杨丹.人类命运的回响——中国共产党外语教育100年［M］.北京：外语教学与研究出版社，2021.

开编新闻发布会上,巴蜀译翁杨武能分享从译60多年的经历与感悟

"译协影子会长"、译林出版社老社长李景端,一口气举出译翁创下的15项第一[1]

小子我从译之路漫长、曲折、坎坷,且不乏传奇色彩[2]。浙江

---

[1] 除了李景端,还有中国译协常务副会长黄友义先生和中华译学馆馆长许钧教授做了长篇视频致辞。

[2] 凤凰卫视2021年做了一期总题名为《译者人生》的专访,经"译协影子会长"李景端推荐,老朽被访了差不多一个星期,因为"他的故事多"。

大学出版社2020年出版的《译翁译话》、四川文艺出版社2017年出版的《译海逐梦录》和湖北教育出版社2000年出版的《圆梦初记》，都详述了我做文学翻译的经历和心路历程，这篇序文只摘取几个最奇异的片段，侧重说说我当文学搬运工一个多甲子的心得和感悟。一个多甲子啊，有几人熬得过……①

走投无路的选择

巴蜀译翁杨武能生于抗日战争全面爆发第二年的1938年，11年后新中国诞生时刚小学毕业。尽管当工人的父亲领着我跑遍山城重庆的包括教会学校在内的一所所中学，还是没能为他的儿子争取到升学的机会。失学了，12岁的小崽儿白天在大街上卷纸烟卖，晚上却步行几里路去人民公园的文化馆上夜校，混在一帮胡子拉碴的大叔大伯中学文化，学政治常识，学讲从猿到人道理的进化论。是父亲基因强大，我自幼便倾心于读书上学。

眼看我要跟父亲一样当学徒工

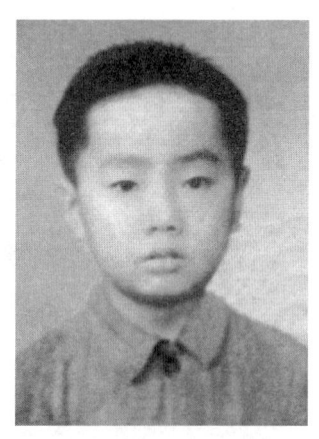

农民的孙子、工人的儿子，儿时的巴蜀译翁杨武能

---

① 一个多甲子从我得到李文俊、张佩芬提携，在《世界文学》发表译作算起，此前的小打小闹就不算啦。

重庆育才学校学生

了，突然喜从天降：第二年秋天，在父亲有幸成为其联络员的地下党帮助下，我"考取了"人民教育家陶行知创办的育才学校，进了重庆解放初唯一一所不收学费还管饭的学校！

在育才，我不仅圆了求学梦，还懂得了做人的道理。老师告诉我们要早日成才服务社会，还讲我们的目标就是实现电气化。于是我立志当一名电气工程师，梦想去建设想象中的三峡水电站。

毕业40年后回母校拜谒陶行知老校长

谁料，初中毕业时，一纸体检报告判定我先天色弱，不能学理工，只能学文，梦想随即破灭。1953年我转到重庆一中念高中，还苦闷彷徨了一年多，其间曾梦想学音乐当二胡演奏家或者歌唱家，结果也惨遭失败。后幸得语文老师王晓岑和俄语老师许文戎启迪、引导，才在走投无路的情况下选学外语，确立了先做翻译家再当作家的圆梦路线。

1956年秋天，一辆接新生的无篷卡车把我拉到北温泉背后的山坡上，进了西南俄文专科学校。凭着在育才、一中打下的坚实的俄语基础，我半年便学完一年的课程跳到了二年级。

高中学生杨武能

重庆一中毕业照（前排右一为王晓岑老师，右二为潘作刚老师，右四为唐珣季老师，右五为甘道铭校长，右六为刘锡琨副校长，右七为张富文老师，右八为陈尊德老师，右九为团委书记方延惠，右十为许安本老师，三排右三为我）

西南俄专，1957年元旦　　　与同班同学刘扬体等游北温泉公园

因祸得福出夔门

眼看还有一年就要提前毕业，领工资孝敬父母，改善穷困的家庭生活，谁知天有不测风云：牢不可破的中苏友谊破裂了，学俄语的人面临"僧多粥少"的窘境。于是我被迫东出夔门，顺江而下，转到千里之外的南京大学读日耳曼学，也就是德国语言文学，从此跟德语和德国文化结下不解之缘。这一做梦也没想到的挫折，事后证明跟因视力缺陷不能学理工才学外语一样，又是因祸得福。

须知单科性的西南俄专，无论是硬件还是软件，都远远无法与老牌综合性大学南京大学相比。而今忆起在南大五年的学习生活，尽管远在异乡靠吃助学金过活的穷小子受了不少苦，仍感觉如鱼得水般地畅

南京大学学子

天时·地利·人和 成就译翁"一世书不尽的传奇" | xix

同班同学秋游中山陵，前排左三为挚友舒雨

本人是那个穿破裤子的裁判，注意：补丁是自己一针一针缝上去的

快，因为有了实现理想的条件和可能嘛。

要说南大学习条件优越，仅举一个例子为证：

搞文学翻译，原文书籍的获得和从中挑选出有价值的作品，实乃第一件大事；没有可供翻译的原文，真叫"巧妇难为无米之炊"。作为南大学子，我身在福中。师生加在一起不过百人的德语专业，拥有自己的原文图书馆不说，还对师生一律开架借阅。图书馆的藏书装满了西南大楼底层的两间大教室，整个一座敞着大门的知识宝库，我呢，好似不经意就走进了童话里的宝山。

更神奇的是，这宝山也有个"小矮人"守护！别看此人个头矮小，却神通广大，不仅对自己掌管的宝藏了如指掌，而且尽职尽责，开放时间总是坚守在自己的位置上，对师生的提问一一给予解答。从二年级下学期起，我几乎每周都得到这"小老头儿"的服务和帮助。起初我只是感叹、庆幸自己进入的这所大学真是个藏龙卧虎之地！日后才得知这位其貌不扬、言行谨慎的老先生，竟然是我国日耳曼学宗师之一的大学者、大作家陈铨。

不过我在南大的文学翻译领路人并非陈铨，而是叶逢植。20世纪五六十年代，叶老师

风华正茂的叶逢植老师

1982年陪叶老师走海德堡哲人之路

尚未跻身外文系学子崇拜的何如教授、张威廉教授等大翻译家之列。不过，我们班的同学仍十分钦慕他，对他在《世界文学》发表的译作，如席勒的叙事诗《伊璧库斯的仙鹤》和广播剧《人质》等津津乐道，引以为荣。

正是受叶老师影响，我才上二年级就尝试搞翻译，也就是当年为人所不齿的"种自留地"。1959年春天，《人民日报》发表了我翻译的非洲民间童话《为什么谁都有一丁点儿聪明？》，对我而言不啻翻译生涯中掘到的"第一桶金"。巴掌大的译文给了初试身手的小子我莫大鼓舞，以至一发而不可收，继续在小小的"自留地"上挖呀，挖呀，挖个不止，全然不顾有可能戴上"资产阶级名利思想严重"和"走白专道路"的帽子。

真叫幸运啊，才华横溢又循循善诱的叶老师在一、二年级教我德语和德语文学。在他手下，我不只打下了坚实的语言基础，还得到从事文学翻译的鼓励和指点，因此在那个物质和精神都极度匮乏的困难年代，我们之间建立起了相濡以沫的深厚情谊。

小译者发表习作的大刊物

可怜，待分配的肺痨书生！

《译翁译话》第一辑《译坛杂忆》，详述了鄙人"种自留地"拿稿费改善自己和父母经济生活，以及后来在叶老师指引下在《世界文学》刊发德语文学经典翻译习作的情况。想当年，中国发表文学翻译作品的期刊，仅有鲁迅创刊、茅盾主编的《世界文学》一家，未出茅庐的大学生杨武能竟一年三中标，实在不易。

南大德文专业1962年毕业照（前排右五为学生们敬爱的郭影秋校长，右四为系主任商承祖，右三为张威廉教授，右二为林尔康老师，右一为马君玉老师；二排右一为帅哥关群，右二为"痨病鬼"，右三为刘大方，右四为贾慧蝶，右五为张淑娴，右六为小三姐舒雨，右七为团支书曹志慕，右八为志愿军大哥何平谷，右九为王志清大哥，右十为"二胡"潘振亚，右十一为班长张复祥；后排左一为秦祖镒，左二为张春富，左三为杨明，左四为篮球健将陈达，左五为沈祖芳，左六为林尧清，左七为张至德，左八为马明远，左九为华宗德）

就这样，还在大学时代，我连跑带跳冲上了译坛，可也为此付出了沉重代价：毕业前一年，我患了肺结核，住进了郭影秋任校长的南大在金银街5号专为学生设立的疗养所。

1962年秋天毕业却因病不得分配，我寂寞、痛苦地在舒雨的陪伴下①等待了几个月，才勉强回到由西南俄专发展成的四川外语学院报到。

毕业后头两年我还在《世界文学》发表了《普劳图斯在修女院中》和《一片绿叶》等德语古典名著的翻译。

谁料好景不长，1965年中国唯一一家外国文学刊物《世界文学》停刊了，接着就是十年"文革"，我的文学翻译梦遂成泡影，身心堕入了黑暗而漫长的冬夜。

否极泰来说"文革"

译翁对"文革"深恶痛绝，它不但粉碎了我做文学翻译家的美梦，还给年纪轻轻的小教员我扣上"反动学术权威"的帽子，仅仅因为我译过几篇古典名作而已。我父亲更惨，莫名其妙地就从革命群众变成"历史反革命"，被勒令到长寿湖学习改造，儿子自然也被划入了"黑五类"另册。业务再好，教学再努力，我当个小小教研室主任前边也得加个"代"字，真是倒霉到了极

---

① 舒雨，我的南大同班同学。身为老舍先生的三女儿，她身份显赫，生活优裕，却偏偏青睐我这个四川"小瘪三"。《译海逐梦录》里有一篇《小三姐》，写她为什么会陪我待分配，以及我在长江边上与她洒泪分别的情景。

1978年冬天，在导师冯至温暖的书房

1982年秋第一次到德国出席学术会议，会后随恩师冯至、叶逢植游览慕尼黑

点，憋屈到了极点！

正是太憋气、太受气，我才忍无可忍，才在1978年以40岁的大龄破釜沉舟：已经获得的讲师头衔不要了，抛下即将生第二个孩子的弱妻和尚年幼的女儿，愤而投考中国社会科学院冯至教授的研究生！

结果呢，我鲤鱼跳龙门，摇身一变成了歌德学者，成了"翰林院黄埔一期"①的一员！

若不是"文革"逼我铤而走险，十有八九小子我还是一名德语教员，充其量也就能奋斗进黄永玉老爷子所谓"满街走"的教授队列。

"文化大革命"把偌大

---

① "翰林院"系中国社会科学院研究生院当年的谑称。1978年恢复研究生制度，在"人才难得的呼喊声中"，许多被"文革"耽误、埋没的知识精英蜂拥进了社科院研究生院，在温济泽老院长的操持下，它的"黄埔一期"真出了不少将帅之才。

一个中国生生变成了文化荒漠。浩劫过后接着是文化饥渴，小子我生逢其时，交了好运，在人民文学出版社孙绳武和绿原前辈帮助下翻译出版了《少年维特的烦恼》，恰如灾荒年推到市场上一大筐新烤出来的面包，"饥民"们一阵疯抢，借着前辈郭老的余威，小子暴得大名！随后译作、著作便一本接一本上市喽。

时也，命也！

《少年维特的烦恼》部分杨译本（包括捐赠了稿费的盲文本）

经过这场浩劫，党和政府毅然拨乱反正，实行改革开放，为中华腾飞打下了坚实基础，小平同志居功至伟。我家里摆着两尊伟人铜像：一尊为毛泽东，一尊为邓小平！

祸兮福兮忆抗战
——亲爱的"下江人"

我出生在抗日战争全面爆发的第二年，依稀记得大人抱着我躲警报的情景，刚懂一点点事就切齿痛恨日本鬼子狂轰滥炸我的家园，永世不忘国家民族的深仇大恨！

抗战期间，陪都重庆经济文化空前繁荣，小小年纪的我同样受益匪浅。这里我讲一个非亲历者体会不到的例子：

抗战时期逃难到大后方的有许多"下江人"，也就是江浙、京沪乃至东三省的上层人士和文化精英。抗战期间，难民们受到四川的庇护、款待，对包括重庆在内的第二故乡四川怀有深深的感恩之情。前不久我读到叶逢植老师的一部未刊德语回忆录，说他们从四川回南京后自然形成了一个讲四川话的小圈子，大家都以到过四川为荣，彼此格外亲切。我长大后浪迹南京、北京，涉足文坛遇到许多恩人贵人，从恩师冯至先生到挚友老舍的三女儿舒雨和她的丈夫潘武一，从亦师亦友的译坛领路人叶逢植到忘年之交英语兼德语翻译家傅惟慈，从高风亮节的诗人、翻译家兼编辑家绿原到作家、翻译家冯亦代，等等。这些在我从译和治学路上扶持、提携我，有恩于我的人，他们的一个

冯亦代三不老胡同听风楼中的座上客

鲁迅文学奖翻译奖评议组组长绿原和他的组员杨武能

共同点便是饮过川江水的"下江人"。我忍不住要述说自己这一特殊经历、感受,因为老头子不讲,再过一些年恐怕没有谁会再知道和再想起讲这些亲爱的"下江人"啦!

京城有巴蜀游子的两个落脚点:一个在舒雨、潘武一灯市西口的家中,一个在傅惟慈四根柏胡同的小院里。左一为傅教授的儿女亲家叶君健

人生路漫长曲折,祸福无常,祸福相倚。鄢翁60多年的译著生涯,每每印证此理。多有"山重水复疑无路"的困顿迷茫,绝望挣扎,接着总会"柳暗花明又一村",眼前豁然开朗,心中欣幸欢悦。此时此刻此情此景,每一个不惧艰险、不懈奋进的追求者,都会像浮士德博士一样喊出:你真美啊,请停一停!

鄢翁咬牙在从译之路上奔波、跋涉,一次次跌倒了再爬起来,方有今日之光景。但柳暗花明和跌倒了再爬起来,打拼出新的局面,没有幸逢一位位恩人、贵人,那是不可能的!

格林童话助我"返老还童"

　　回眸一个多甲子的文学翻译生涯,无论如何也不能不说说译林出版社和它1993年推出的《格林童话全集》。而今,杨译格林童话在读者中的影响,已经超过杨译《少年维特的烦恼》和《浮士德》,为我赢得的老少粉丝数以亿计。不仅如此,《格林童话全集》帮助我"返老还童",使我这棵翻译"老树"在风风雨雨半世纪之后又发出了"新枝"。这个情况,当然早已为业内注意到,于是我慢慢被视为译介少儿作品的好手,因此收到了各式各样的约请。

　　2007年,经儿童文学理论家王泉根教授推荐,我应邀担任湖南少年儿童出版社"全球儿童文学典藏书系"的"翻译专家委员会委员",不但接受组织德语作品翻译的委托,自己也承担和完成了《七个小矮人后传》和《胡桃夹子》等几本小书的翻译。书虽说单薄,跟我已出版的大多数译著相比微不足道,却是我进入新的年龄段即70岁后的第一批成果,不但使我重温了20年前翻译《格林童话》的美妙滋味,还认识到为孩子们干活儿的非凡意义。不再做翻译的决心动摇了,我开始考虑在保持健康的前提下,力所能及地再为孩子们做点事。

恩德此书被誉为德语文学的现代经典,貌似童书,却有点《浮士德》《西游记》的味道

2010年，以出版少儿读物享有盛誉的二十一世纪出版社找到远在德国的我，约我翻译德国当代著名儿童文学作家普罗斯勒的《大帽子小精灵霍柏》与《霍柏和他的朋友毛球儿》。为考验该社诚意，我提出相当高的签约条件，不想他们慨然应允，这就使我再也脱不了手。两本小书交稿后，他们又请我重译已故当代德国儿童文学大师米切尔·恩德的代表作《永远讲不完的故事》和Momo。我查了资料，发现这两本书的旧译不但广为流传，而且译者都是熟人，因此颇感为难。我把疑虑告诉了联系人，得到的回答却是请我重译一事已经过慎重考虑，决定系由社长张秋林本人做出，只因他喜欢我的译笔①。思考再三，几经踌躇，我终于决定接受约请，理由是应该以广大小读者的接受为重，以大师恩德杰作的传播为重，而不能太在乎个人的得或失②。

我为二十一世纪出版社翻译的童书很多，这里只展示《永远

如同Momo，此书是批判后工业社会的生态小说

---

① 前些年，秋林曾代表台湾地区某出版社约我译恩德的《如意潘趣酒》。

② Momo在20世纪八九十年代就有中译本，我印象最深的是译林出版社资深编辑赵燮生的《莫莫》，因为燮生邀我为它写过序。二十一世纪出版社的重译本《毛毛》也许译名取得巧，结果后来居上。我重译了Momo，尽管煞费苦心把译名变成了《嫫嫫》，还是未能免掉麻烦和困扰。不过这只是一点点不值一提的鸡毛蒜皮，革命航船仍然乘风破浪，也就是得大于失，反倒加快了"返老还童"的进程。

讲不完的故事》和《如意潘趣酒》的封面。

再说我的"返老还童",为此我由衷感谢在激烈的争夺中与我签订"格林兄弟"作品出版合同的李景端[①],还有责任编辑施梓云,没有这位称职"保姆"养育、呵护,"孩子"不会长得如此健壮可爱,这么有出息!很自然地,译林出版社和李、施两位都成了本翁的好朋友。

欣慰自豪一二三

我从译半个多世纪真没少经历痛苦磨难,但更多的是师友的教诲、帮助,恩人贵人的扶持、提携,因而有了一些可堪欣慰、自豪的成绩,在此略述一二。

其一,毕生所译几乎全是名著佳作,尤以古典杰作居多。翻译古典名著很难避免重译。重译亦称复译,复译之必要已为业界公认,问题只在质量和效果。重译者做到了推陈出新、更上层楼,有利于原著进一步传播,有利于读者更好地接受,价值就不容否认和低估,就不一定比新译或所谓"原创性翻译"来得差。具体说到我重译的歌德代表作《浮士德》《少年维特的烦恼》《迷娘曲——歌德诗选》《歌德谈话录》,以及《阴谋与爱情》《海涅抒情诗选》《茵梦湖》和《格林童话全集》等,事实

[①] 他一听说漓江出版社也属意我的《格林童话》译稿,立马从南京奔到我成都的家中,和我签了出版合同。

表明都得到了同行专家的赞赏，出版界和读书界的欢迎。例如《少年维特的烦恼》入选了人民文学出版社、作家出版社以及商务印书馆等权威大社"名著名译"丛书，《浮士德》被藏入国家领导人的书柜，《格林童话全集》成为教育部推荐的中学生"新课标"选本。

除了重译，译翁也有不少首译的作品，较重要的如托马斯·曼70多万字的巨著《魔山》，黑塞的长篇小说《纳尔齐斯与歌尔德蒙》，海泽的中篇集《特雷庇姑娘》，迈耶尔的中篇集《圣者》，以及霍夫曼、克莱斯特等的许多中短名篇，还有米切尔·恩德的现代经典童话《如意潘趣酒》等，加在一起不但数量可观，也同样受到读者欢迎、同行肯定。

《魔山》等经典名著部分译本

其二，鄙翁尽管痴迷于文学翻译实践，却不只顾埋头译述，做一个吭哧吭哧的"搬运工"，也对文学翻译做过不少理论思考，对它的性质、意义、标准以及从事此道的人必须具备的条件和修养等，形成了有个人见解且言之成理、立论有据的理念，或者勉强也算理论。老朽自视为译学研究舞台上的"票友",却有同行谬赞吾为"文学翻译家中的思想者"。

说起文学翻译理论,一言以蔽之,我特别重视"文学"二字。早在20世纪80年代,区区就强调优秀的译文必须富有与原著尽可能贴近的种种文学元素和美质,也就是在读者审美鉴赏的显微镜下,译文本身也必须是文学,即翻译文学。而这一点,即文学翻译除去正确和达意之外,还必须富有与原文近乎一样的文学美质,正是文学翻译的难点和据以区别于他种翻译的特质。

德国人称纯文学(即Belletristik)为"美的文学"(schöne Literatur),我想不妨也称文学翻译为"美的翻译",或曰"艺术的翻译"。使自己的译作成为"美的翻译",成为"美玉"、美文,成为翻译文学,是我半个多世纪翻译生涯的不变追求。

为避免误解,我必须强调:翻译理念中的"美",指的是尽可能充分、完美地再创原著所拥有的种种文学美质,而非译者随心所欲地想怎么美就怎么美,更不是眼下一些人津津乐道的所谓"唯美"和为美而美。

要创造传之久远的、能纳入本民族文学宝库的翻译文学,要创造美的翻译、美文、"美玉",必须充分发挥翻译家的主观能动性和创造精神。因此我赞成说文学翻译是艺术再创造;因此我认为,翻译家理所当然地应当是文学翻译的主体,也事实上是主体。

其三,我践行了早年提出的文学翻译家必须同时是学者和作家的理念，几十年来努力追寻季羡林、戈宝权、傅雷等译界前辈的足迹，把研究、翻译、创作紧密结合起来，让它们相辅相成、相得益彰，在完成教师本职工作之余，翻译、研究、创作齐头并进，在三个方面都取得了或大或小的成绩，出版的译著、论著和创作总计约40部。即使仅仅作为翻译家，我在学者和作家朋友面前当也不自惭形秽。其他理由不说了，只讲我译著的读者数量以千万计，而一部名著佳译流传数十年甚至更加长远，可以影响一代又一代人，这难道不值得自豪吗？

还值得一说的是，几十年来我积极参加国内外翻译界的活动，不甘于做一个把自己关在屋子里爬格子的书呆子和匠人。有机会向前辈和国内外同行学习，我获益匪浅。

社科院众多大儒中我最亲近戈宝权。1987年他应邀出席四川翻译文学学会成立大会，会后偕夫人梁培兰做客我在四川外语学院的寒舍，与我妻子王荫祺和次女杨熹合影。我受他影响，也涉猎中外文化关系研究

我读研时去北大听过田德望先生的课，他待我很好。我参评教授时，他写推荐多有美言，是我视为表率的德语和意大利语翻译大家

1985年，我参加了在烟台举行的全国中青年文学翻译经验交流会

也是1985年，出席《译林》杂志创刊五周年纪念会，我拜识了一大批前辈名家。

三排右一为周珏良，右二为毕朔望，右三为杨岂深，右四为吴富恒，右五为戈宝权，右六为汤永宽，右七为屠珍，右八为梅绍武；中排左一为吴富恒夫人陆凡，左二为董乐山；前排左一为东道主，左二为陈冠商，左三为杨武能，左四为郭继德，左五为施咸荣

1992年珠海白藤湖，我出席海峡两岸文学翻译研讨会，欣逢自称半个四川人的"下江人"余光中先生，与他一见如故。

乡愁诗人与我的忘年之交

在白藤湖，我还拜识了王佐良、齐邦媛和金圣华等译界名宿。

图为李文俊、方平、董衡巽和小杨（时年54岁）

2004年任欧洲译协驻会翻译家

1999年歌德诞辰250周年，我受聘赴魏玛"《浮士德》翻译工场"打工，作为唯一中国代表与来自全世界的《浮士德》翻译家切磋译艺。"工场"关门后又应邀赴艾尔福特开更大的世界歌德翻译家研讨会。

在欧洲译协与诺奖得主君特·格拉斯相谈甚欢

遗憾的是,当今中国,翻译家在文艺界和学术界没有受到足够的重视:即使是经典译著,在高校通常也不算科研成果,翻译的稿酬标准也远低于创作。对此,翻译家们心怀愤懑却无能为力,不少人因此失望、自卑。译翁却不但不自卑,心中还充满自豪,反倒为自己是一名有成就、有作为、有影响的文学翻译家自豪!

夫唱妇随,在欧洲译协驻会翻译家居住的小别墅门前

在艾尔福特的世界歌德翻译家研讨会做报告

2018年荣获"翻译文化终身成就奖",这是巴蜀译翁在国内得到的最高奖项

我不是傅雷，我是巴蜀译翁，巴蜀译翁！

近些年，有媒体报道称老朽为"德语界的傅雷"：

2013年6月27日，中国网河南频道报道"德语界傅雷"杨武能荣获歌德金质奖章；《成都商报》说什么"德语界的傅雷"川大教授杨武能获得了"翻译诺贝尔奖"；2018年，又有报道说80高龄的杨武能"拿下了"翻译文化终身成就奖，称誉他为"德语界的傅雷"，云云。不只某些媒体，严谨的学术界也偶有拿我跟傅雷相提并论者。

傅雷先生（1908—1966）是中国翻译文学史上的一座丰碑，我走上文学翻译道路就是中学时代受了先生和汝龙、丽尼等前辈的影响，傅雷更是我从译之路上的向导乃至偶像。我说我不是傅雷，没有丝毫贬低他的意思，相反我对先生十分崇敬和感激。我所以坚称自己不是傅雷，因为我就是我，我跟傅雷有太多的不同。多数的不同不言自明，只有一点必须要强调，因为影响大而深远：

傅雷比我早生30年，58岁不幸去世；同成长在新中国，虽也历经坎坷，却在和平环境里幸福地多劳作了数十年的译翁，不可同日而语！译翁施展的时间和空间远远大于傅雷前辈，能创造和贡献的自然应该更多更大。至于是不是真的更多更大，则有待评说。

感恩故乡，感恩祖国

2018年年届耄耋，我突发奇想，给自己取了个号或曰笔名：巴蜀译翁。

一辈子混迹文坛，我用过的笔名不少，大多随用随弃，但这"巴蜀译翁"将一直用下去。它不只蕴含着我对故乡无尽的感恩之情，还另有一层含义！

我出生在山城重庆较场口十八梯下厚慈街，从小爬坡上坎，忍受火炉炙烤熔炼，练就了强健的筋骨、刚毅的性格。天府四川的文学沃土养育我茁壮生长，我自幼崇拜李白、杜甫、苏东坡，尤其是苏东坡！我生而为重庆人，重庆人就是四川人；我一辈子都为自己是四川人而自豪，为自己是李白、杜甫、苏东坡、郭沫若、巴金的同乡、后辈而自豪。没想到行政区划的

苏东坡，译翁奉他为古代中国的歌德[①]

[①] 2000年法国《世界报》评选出1001—2000年间的"千年英雄"，全世界入选者12人，中国也是亚洲入选的唯一一位就是苏东坡。

变化，有一天我突然不是四川人了！我实在难过，想起杜甫草堂、武侯祠、三苏祠就难过！我取"巴蜀译翁"这个名号，是要表明自己对四川—重庆人这个身份的忠诚。

得意忘形　"引吭高歌"

杨武能著译文献馆（巴蜀译翁文献馆）开馆展。左一为四川大学文学院院长曹顺庆，左二为重庆市作协主席冉冉，左四为著名翻译家刘荣跃，左五为华裔德籍著名歌德研究家顾正祥

我 2008 年从川大退休旅居德国，2014 年送重病的妻子回重庆就医；2015 年，重庆图书馆成立了杨武能著译文献馆。三年后，我逮住建立成渝双城经济圈和巴蜀文旅走廊的机会，赶快将它正名为"巴蜀译翁文献馆"，以舒缓心中的伤痛！

据我所知还没有为一个"文化苦力"建有巴蜀译翁文献馆这般高规格、大体量的个人文献馆的先例。

重庆武隆的世界自然遗产地仙女山还建有一座巴蜀译翁亭，实属少见。

这一馆一亭的意义和未来，还活着的译翁本人不便说，也说不清楚，只感觉这是故乡对区区无尽的爱，厚重得不能承受的爱，所以，巴蜀译翁这个笔名对我之要紧、珍贵，胜过父亲按字辈给我取的本名！

再看巴蜀译翁亭的柱子上，有一副楹联：

上联　浮士德格林童话魔山　永远讲不完的故事

下联　翻译家歌德学者作家　一世书不尽的传奇

组成上联的是我四部代表译著的题名，下联是我的主要身份以及一生的重大建树。

戈宝权评郭沫若说：郭老即使只翻译了一部《浮士德》，就很了不起。巴蜀译翁成功译介的经典多得多！

说主要身份，意味着还有其他身份略而未表。说一说幸得冯至先生亲传的歌德学者吧，译翁是荣获国际歌德研究最高奖"歌德金质奖章"唯一中国学人，其他似乎不用再说。只有作家这个身份，译翁还须努力夯实它。

重庆武隆仙女山巴蜀译翁亭揭幕，出席仪式者除主持仪式的县委领导和川渝文化名流，还有来自德国、美国、澳大利亚、日本、马来西亚等国的华裔作家和文艺家。他们经由小女杨悦组织来世界自然遗产地武隆仙女山采风，其中不乏周励这样的大作家[①]，却自谦为译翁的粉丝（张晓辉 摄）

译翁信心满满，只要坚守"生命在于创造，创造为了奉献"这个座右铭，一旦得到缪斯女神眷顾，诗的闸门就会大开。他有翻译家超强的笔力和得自书里书外的人生体验，可以讲的故事多着呢！仔细想想，真是每一部重要译著背后都有精彩故事呢，也就难怪李景端在提议凤凰卫视来专访我时讲：他的故事多！

"一世书不尽的传奇"？好大一个牛皮！

不是牛皮是事实！

[①] 代表作为《曼哈顿的中国女人》《亲吻世界——曼哈顿手记》。更令译翁钦佩的是，她还是一位极地旅行家，著有多部旅游探险记。

新中国成立前四川有句民谚："养儿不用教，酉秀黔彭走一遭！"说的是四川这几个地方极度苦寒，娇生惯养的娃娃只要去那里走一走，看一看，就会知道生活艰难，不懂事的就会懂事。我祖父杨代金是彭水（现武隆）大娄山上的贫苦农民，他儿子我爸跑到重庆城当了电灯工人，他孙子我巴蜀译翁现如今成了享誉海内外的翻译家、学者、作家还有教授、博导、大学副校长，您说传奇不传奇？

若问啷个（怎么）会出现这样的传奇？回答：天时、地利、人和呗！

欲知究竟，劳驾到重庆沙坪坝凤天路106号，去逛逛重庆图书馆的巴蜀译翁文献馆。您一进文献馆大门，就会看见屏风上写着答案。

巴蜀译翁文献馆门厅处屏风

看样子传奇还不算完，尽管译翁已经八十有三。须知他的座右铭是"生命在于创造,创造为了奉献",在有生之年,他还要继续创造,继续奉献,也就是生命不息,奋斗不止!在光辉灿烂的新时代,译翁有一个梦:老头儿梦见自己"年富力强",变成了新的自己,正铆足劲儿,要创造一个个新的传奇……

民族复兴大业美好、光荣、伟大,本翁啷个能不参与,不投入其中呢?!

结语:没有共产党缔造新中国,就没有巴蜀译翁!没有父母养育、亲属支持①、师长教导、友朋帮衬、贵人提携,就没有巴蜀译翁!故而译翁在中国共产党成立100周年之际开始结集出版自己60余载心血的结晶《杨武能译德语文学经典》,把它献给我的人民、我的国家,把它献给我的亲戚朋友,献给我的母校育才、一中、俄专、南大、社科院研究生院,以及德国洪堡基金会(Alexander von Humboldt-Stiftung),献给我在中国和德国的老师、同学,最后,还献给支持、厚爱译翁的千万读者、粉丝,老的少的粉丝!

德国大文豪、大思想家歌德说:我们都是"集体性人物"!意即我们生命中包括父母、亲属、师长、同学、同事、同行的许许多多人有意无意地影响了我们,从正面或者反面帮助、促成我们的成长、发展,造就了我们,最终决定了我们成为什么样的人。不能不说明,写在纸上的都是美好、阳光、正面的人和事;

---

① 必须感谢我的家人,特别是我的妻子王荫祺。她与我志同道合、同甘共苦三十五载,精心养育两个女儿,多方面为我分劳分忧,不只生活中给我无微不至的照顾,还参与我多部作品的翻译工作。在《译翁情话》里,将对她述说很多很多。

可在现实生活中，译翁跟所有人一样也遭遇过阴暗和丑陋，但那些阴暗和丑陋也磨炼、激励了我，最终成就了我，同样是我的塑造者！

茫茫人海，天高地阔，万类霜天竞自由！少了哪一类都不行，少了哪一物种世界都不会如此多姿多彩，生活都不会如此美好、幸福，译翁都不会活得如此有滋有味！多谢啦，一切从正面或反面促成、造就我的人，译翁感激你们哟，爱你们哟！

2021年12月于山城重庆图书馆巴蜀译翁文献馆

目　录

代译序
　　才华横溢的诗人　坚贞不屈的战士 …………………1

1816
　　用玫瑰、柏枝和金箔片 …………………………………1
　　教训 ………………………………………………………3

1817
　　早上我起身便问 …………………………………………4
　　我奔来跑去，坐卧不宁 …………………………………5

1819
　　我的烦恼的美丽摇篮 ……………………………………6
　　山岭和古堡低头俯瞰 ……………………………………8
　　一开始我几乎绝望 ………………………………………9
　　两个掷弹兵 ………………………………………………10
　　朵朵花儿，一齐 …………………………………………13
　　美丽的明亮的金色的星星 ………………………………14

1820

伤心人 ·· 15

可怜的彼得摇摇晃晃地走来············· 17

杜卡登之歌 ··· 18

赠别 ··· 20

大实话 ··· 21

致A. W. v. 施莱格尔 ························· 22

致母亲B.海涅 ······································· 23

1821

写给克里斯蒂安·S的十四行诗 ········ 25

我曾梦见过热烈的爱情 ······················· 27

我独自漫步树荫 ··································· 28

听着,德意志的男人、姑娘和妇女 ···· 29

是的,你怪可怜,我却不气恼 ············ 31

小小的花朵倘若有知 ··························· 32

我的泪水里将有 ··································· 33

1822

用你的脸贴着我的脸 ··························· 34

我愿将我的灵魂 ··································· 35

星星们高挂空中 ··································· 36

乘着歌声的翅膀 ··································· 37

玉莲花模样儿羞涩 ······························· 39

你不爱我,你不爱我 ··························· 40

噢，不用发誓，只需亲吻	41
世人真愚蠢，世人真盲目	42
吹起笛儿拉起琴	43
为什么玫瑰这般苍白	44
他们给你讲了很多	45
我痴迷地沉溺于梦想	46
世界多么美，天空多么蓝	47
北方有一棵松树	48
啊，我真愿	49
自从爱人离我远去	50
我用自己巨大的哀伤	51
一个青年爱一个姑娘	52
一听见这支曲子	53
亲爱的，我俩相偎相依	54
他们全都使我痛苦	55
你的小脸儿上	56
两个人分别之时	57
他们在茶桌旁相聚	58
我又重温了昔日的旧梦	60
我曾在梦中哭泣	61
一颗星星落下	62
午夜如此寒冷而死寂	63
一个人要是轻生自杀	64

室外尽管积雪如山……65
五月已经到来……66
我梦见我做了上帝……67

1823

在我极其阴暗的生活里……71
罗蕾莱……72
我的心，我的心儿忧伤……74
风雨飘摇的夜晚……76
旅途中，我曾与他们……78
我们坐在渔舍旁……80
月亮升上了夜空……82
大风穿上了裤子……83
狂风吹奏着舞曲……84
每当在清晨，亲爱的……85
请接受我的敬意……86
而今我又得旧地重游……88
既然知道我还活着……89
站在昏沉沉的梦中……90
我这不幸的阿特拉斯啊！……91
一弯儿苍白的秋月……92
"对你的一片痴情……"……94
他俩倾心相爱……95
我梦见我的爱人……96

"亲爱的朋友啊！你干吗……" ……………………………98
是时候了，我要理智地 ……………………………………99
心，我的心，你不要忧郁 …………………………………100
你好像一朵鲜花 ……………………………………………101
嘴儿红红的姑娘 ……………………………………………102
有人祷告圣母马利亚 ………………………………………103
我想留在你这儿 ……………………………………………104
今晚她们有聚会 ……………………………………………105
第一次谈恋爱的人 …………………………………………106
他们赠我金玉良言 …………………………………………107
一等你做了我的妻子 ………………………………………108

1824

弗丽德莉克 …………………………………………………109
一个古德意志青年的怨歌 …………………………………113
每当我向你们诉苦、抱怨 …………………………………115
朋友，别嘲笑魔鬼 …………………………………………116
三圣王从东方走来 …………………………………………117
姑娘，当初我们都是小孩 …………………………………118
世界和人生太残缺不全 ……………………………………120
离开你们在美好的七月 ……………………………………121
坐在黑暗的驿车里 …………………………………………122
这野女子何处栖身 …………………………………………123
骠骑兵身穿蓝色制服 ………………………………………124

我在年轻的时候⋯⋯⋯⋯⋯⋯⋯⋯⋯⋯⋯⋯⋯⋯⋯⋯125
在萨拉曼加的城垣上⋯⋯⋯⋯⋯⋯⋯⋯⋯⋯⋯⋯126
死是清凉的黑夜⋯⋯⋯⋯⋯⋯⋯⋯⋯⋯⋯⋯⋯⋯128
给一个变节者⋯⋯⋯⋯⋯⋯⋯⋯⋯⋯⋯⋯⋯⋯⋯129
我俩刚刚见面⋯⋯⋯⋯⋯⋯⋯⋯⋯⋯⋯⋯⋯⋯⋯130
哈雷的广场上立着⋯⋯⋯⋯⋯⋯⋯⋯⋯⋯⋯⋯⋯131
朦朦胧胧的夏夜⋯⋯⋯⋯⋯⋯⋯⋯⋯⋯⋯⋯⋯⋯132
浮现吧，你们旧梦⋯⋯⋯⋯⋯⋯⋯⋯⋯⋯⋯⋯⋯133

1825

加冕⋯⋯⋯⋯⋯⋯⋯⋯⋯⋯⋯⋯⋯⋯⋯⋯⋯⋯⋯135
落日⋯⋯⋯⋯⋯⋯⋯⋯⋯⋯⋯⋯⋯⋯⋯⋯⋯⋯⋯137
黄昏⋯⋯⋯⋯⋯⋯⋯⋯⋯⋯⋯⋯⋯⋯⋯⋯⋯⋯⋯140
表白⋯⋯⋯⋯⋯⋯⋯⋯⋯⋯⋯⋯⋯⋯⋯⋯⋯⋯⋯142
舟中夜曲⋯⋯⋯⋯⋯⋯⋯⋯⋯⋯⋯⋯⋯⋯⋯⋯⋯144
海的寂静⋯⋯⋯⋯⋯⋯⋯⋯⋯⋯⋯⋯⋯⋯⋯⋯⋯149
海中幻影⋯⋯⋯⋯⋯⋯⋯⋯⋯⋯⋯⋯⋯⋯⋯⋯⋯151
解脱⋯⋯⋯⋯⋯⋯⋯⋯⋯⋯⋯⋯⋯⋯⋯⋯⋯⋯⋯155
和平⋯⋯⋯⋯⋯⋯⋯⋯⋯⋯⋯⋯⋯⋯⋯⋯⋯⋯⋯157

1826

向大海致敬⋯⋯⋯⋯⋯⋯⋯⋯⋯⋯⋯⋯⋯⋯⋯⋯160
问题⋯⋯⋯⋯⋯⋯⋯⋯⋯⋯⋯⋯⋯⋯⋯⋯⋯⋯⋯164
凤凰⋯⋯⋯⋯⋯⋯⋯⋯⋯⋯⋯⋯⋯⋯⋯⋯⋯⋯⋯166
尾声⋯⋯⋯⋯⋯⋯⋯⋯⋯⋯⋯⋯⋯⋯⋯⋯⋯⋯⋯**168**

1827

- 悲剧……170
- 丁香是何等的芳馨……172
- 从我的记忆里开放出……173
- 寒冷的心中揣着厌倦……174
- 深秋的雾，寒冷的梦……175

1828

- 春夜的美丽的眼睛……176
- 我爱着一朵花……177
- 温暖的春夜……178
- 情况紧迫，警钟齐鸣……179
- 唉，我渴望能流泪……180
- 每当你经过我身旁……181
- 梦中的窈窕莲花……182
- 你写的那封信……183

1829

- 天空灰暗、平庸……184
- 白昼恋着黑夜……185
- 警告……186

1830

- 坐在白色的大树下……187
- 林中草木正发芽转青……189
- 优美悦耳的乐音……190

蝴蝶爱上了玫瑰花⋯⋯191
树木一齐奏乐⋯⋯192
"始作俑者原本是夜莺⋯⋯"⋯⋯193
蓝色的春天的眼睛⋯⋯195
你要有一双好眼睛⋯⋯196
在黑暗中偷来的吻⋯⋯197
从前有一位老国王⋯⋯198
月亮像个巨大的柠檬⋯⋯199
在美术陈列馆里⋯⋯200
叹惜⋯⋯201
颂歌⋯⋯202

1831
公元一八二九年⋯⋯203

1832
致一位当年的歌德崇拜者⋯⋯205

1833
异国情思⋯⋯207
创世之歌⋯⋯211
陌路美人⋯⋯214
变换⋯⋯217

1835
何处?⋯⋯219
一个女人⋯⋯220

1840
德国·····221

1841
为了一个大胆的念头·····223

致赫尔威·····225

1842
教义·····226

巡夜人来到巴黎·····227

倾向·····230

婴儿·····232

诺言·····234

领悟·····236

在可爱的德意志故乡·····238

1843
鼓手长·····240

生命的航程·····244

教区委员普罗米修斯·····246

夜思·····248

致一位政治诗人·····251

路德维希国王颂歌·····253

1844
亚当一世·····261

蜕变·····263

颠倒世界·····················265

汉堡新以色列医院·············268

调换来的怪孩子···············271

等着吧······················272

西里西亚的纺织工人···········273

老玫瑰·····················275

重逢·······················277

1845

题玛蒂尔德的纪念册···········279

1846

阿斯拉人···················280

致青年·····················282

赞歌·······················283

宫廷传奇···················286

1847

如果人家背叛了你·············288

瓦尔克莱之歌················289

1849

1849年10月·················291

1850

三月以后的米歇尔·············296

1851

大卫王·····················299

神话	301
怀疑	302
复活	304
懊恼	306
和睦的家庭	307
笃实	308
世道	309
回顾	310
垂死者	312
穷光蛋哲学	313
回忆	314
瑕疵	316
告诫	319
退了火的人	320
所罗门	322
逝去的希望	324
祭辰	327
忧愁老太	329
致天使	331
噩梦	333
熄灭	335
遗言	336
Enfant Perdu	338

1853

我曾无日无夜地嘲笑…………………………………340

男盗和女盗…………………………………………341

在五月………………………………………………343

屈辱府邸……………………………………………345

即将去世的人………………………………………350

三十年战争中的随军女贩之歌……………………352

蜻蜓…………………………………………………355

忠告…………………………………………………359

克雷温克尔恐怖年代的回忆………………………361

1854

无穷的忧虑…………………………………………363

天生的一对…………………………………………365

忠告…………………………………………………368

渴望安宁……………………………………………369

1855

警告…………………………………………………371

铭记…………………………………………………372

我的白昼明朗………………………………………373

我不嫉妒那些幸运儿………………………………374

钟点，天日，无尽的永恒…………………………377

劝告…………………………………………………378

1649—1793—????……………………………………379

遗嘱 ·· 381

附录1
　论法国画家（1831）······························ 385

附录2
　海涅生平及创作年表 ····························· 445

· 代译序 ·

才华横溢的诗人　坚贞不屈的战士

在德语近代文学史上，海因里希·海涅（Heinrich Heine，1797—1856）堪称继莱辛、歌德、席勒之后最杰出的诗人、散文家和思想家。他不仅擅长诗歌、游记和散文的创作，还撰写了不少思想深邃、风格独特并富含文学美质的文艺评论和其他论著，给后世留下了一笔丰富、巨大、光辉而宝贵的精神财富。然而无论是其个人性情和气质，还是创作成就和影响，都仍然让我们首先尊他为一位出色的抒情诗人和伟大的时代歌手。

海涅出身在德国杜塞尔多夫市一个犹太商人的家庭里。父亲萨姆孙·海涅经营呢绒生意失败，家道中落；母亲贝蒂·海涅是一位医生的女儿，生性贤淑，富有教养，喜好文艺。在她的影响下，诗人早早地产生了对文学的兴趣，15岁还在念中学时就写了第一首诗。可是他不得不遵从父命走上经商的道路，18岁时去法兰克福的一家银行当见习生，第二年又转到他叔父所罗门·海涅在汉堡开的银行里继续实习。在富有的叔父家中，海涅不仅尝到了寄人篱下的滋味（《屈辱府邸》一诗便反映了他当时的经历），更饱受恋爱和失恋的痛苦折磨,因为他竟不顾门第悬殊,痴心地爱上了堂妹阿玛莉,一位他在诗里形容的"笑脸迎人,心存诡诈"的娇小姐。

1819年秋,因为前一年在叔父资助下兴办的哈利·海涅纺织品公司经营失败,在汉堡做呢绒生意的父亲也破了产,年轻的海涅完全失去了经商的兴趣和勇气,遂接受叔父的建议进入波恩大学学习法律,准备将来做一名律师。然而从小爱好文艺的他无心研究法学,却常去听奥古斯特·威廉·封·施莱格尔①的文学课。

施莱格尔是德国浪漫派的杰出理论家、语言学家和莎士比亚翻译家,海涅视他为自己"伟大的导师",早期的文学创作受到了他的鼓励和指导。除此而外,从浪漫派诗人阿尔尼姆和勃伦塔诺整理出版的德国民歌集《男童的奇异号角》中,从乌兰特和威廉·米勒等其他浪漫派诗人的作品中,年轻的诗人也获得了不少启迪,汲取了很多营养。同时,他崇拜歌德,并遵照"导师"施莱格尔的建议老老实实地读了歌德的作品。还有英国的浪漫主义诗人拜伦也被他引为知己。他不只把拜伦的诗歌翻译成德文,还模仿拜伦的衣着、风度,创作上也受到了拜伦的影响,以至于在19世纪20年代一度被称作"德国的拜伦"。这就难怪海涅的早期诗歌创作显示出不少浪漫派的特征,如常常描写梦境,喜欢以民间传说为题材,格调大多接近民歌等。不过也仅此而已,因为

---

① 奥古斯特·威廉·封·施莱格尔(August Wilhelm von Schlegel,1767—1845),海涅同时代最著名的文学评论家之一,海涅在波恩大学听过他讲德国文学史,早期的诗歌创作得到了他的鼓励。

他本身并不属于这个当时在德国已经逐渐过时的文学流派。后来，1846年，在为长诗《阿塔·特罗尔：一个仲夏夜的梦》所作的序里，海涅总结自己与浪漫派的关系道："……我曾在浪漫派之中度过了我最愉快的青年时代，最后却把我的老师痛击了一顿……"因为他在1833年写成的《论浪漫派》中，已对这个包括自己"导师"施莱格尔在内的派别做了严厉的批评。

1820年秋，海涅转学到哥廷根大学。跟在波恩时一样，他无心学业，却常参加一些学生社团的活动。后因与一个同学决斗受到停学处分，不得已于第二年再转到柏林大学。在柏林期间，海涅不但有机会听黑格尔讲课，了解当时哲学所关注的问题，对辩证法有了初步的掌握，还经常出入当地的一些文学沙龙，结识了法恩哈根·封·恩泽夫妇以及沙密索、福凯等不少当时著名的文学家，大大地开阔了眼界，为日后成为一个思想深邃、敏捷的评论家打下了重要的基础。同时，他还参加犹太人社团的文化和政治活动，表现出了对社会正义事业以及犹太人命运的同情和关注。

1824年，诗人重返哥廷根大学，坚持学习到第二年大学毕业，并于7月20日获得法学博士的学位。在此之前不到一个月，他已接受洗礼皈依基督教，成为一名路德宗新教徒。

在个人生活方面，由于初恋情人阿玛莉在1821年8月嫁给了一个有钱的地主，诗人遭受了巨大的心灵创痛。而在一年多以后的1823年5月，他在汉堡又邂逅阿玛莉的妹妹特莱萨，再次坠入爱河，经受了恋爱和失恋的痛苦。这样一些不幸的经历，都明显地反映在了他早年的抒情诗中。

但是随着阅历的增长,见识的提高,海涅的文学创作开始走向成熟,不但题材和体裁变得丰富多彩,思想也更加深刻。特别是1824年,他从大学城哥廷根出发往东北行,徒步漫游了哈尔茨山及其周围地区,一路上尽情饱览自然风光,细心观察世态民情,在此基础上写成了《哈尔茨山游记》,为自己的创作开辟了一条新路。随后的四五年,他又写了大量的游记和散文作品。

　　在19世纪20年代,海涅事实上已把更多的精力放到了游记的写作上,因为在他看来,那搜集了他早年那些优美而感伤的爱情诗的《诗歌集》,只是一条"无害的商船",而从《哈尔茨山游记》开始的游记作品,却是一艘艘装备着许多门大炮的"战舰"(见1827年10月30日致摩西·摩色尔的信)。无论是旅居北海之滨的诺德尼岛时,还是在畅游南方的文明古国意大利途中,他都专注而细心地建造这样的"炮舰"。

　　随着收有《哈尔茨山游记》的《游记》(1826)第一卷和《诗歌集》(1827)等重要作品的相继问世,年轻的海涅已成为闻名全德乃至整个欧洲的诗人和游记散文家。

　　海涅生活在欧洲社会急剧动荡,新兴进步力量与腐朽反动势力殊死搏斗的时代。童年,在故乡杜塞尔多夫,他经历了拿破仑军队占领时期实行的一系列进步改革;作为犹太人,他深深体会到了"平等""自由"之可贵——他18岁时在法兰克福所目睹的犹太同胞的悲惨处境,与此形成了鲜明的对比。对于素性敏感的诗人来说,生而为犹太人犹如一种宿命的不幸,简直就像一种先天埋藏在血液里的可怕"病毒"，一种无法治愈的"痼疾"（见《汉堡新以色列医院》），因此给他一生的思想和创作打下了深深的烙印。他有的作品，如《巴哈拉赫的法学教师》，直接描写了自己受压迫的犹太同胞的苦难。正因此，对于他所崇仰的解放者拿破仑的失败和欧洲大陆上随之出现的反动复辟，诗人的感受尤为痛彻；而在相比之下又特别黑暗、落后的德国，情况更令诗人触目惊心。写作于1826年的散文集《思想·勒格朗集》，则集中反映了海涅这一时期的思想感情，明白地表达了他对法国大革命的继承人和化身拿破仑的钦仰和感怀之情。这样的明显带有革命倾向的感情，在他的《两个掷弹兵》和《鼓手长》等不少诗歌中，也有流露和宣示。海涅特殊的出身和经历，注定了他终将成为一名战士和革命者。

1830年法国"七月革命"爆发，正在赫郭兰岛休养的海涅无比欢欣鼓舞，浑身充满了革命的激情，忍不住唱出了那首以"我是剑，我是火焰"开头和结尾的、充满战斗豪情的昂扬《颂歌》，渴望着"投入新的战斗"。然而，诗人生活的德国在封建专制的重轭下仍如死水一潭，令人感到窒息。出于这个原因，加上他先后在汉堡、柏林和慕尼黑等地谋取律师和教授职位均告失败——主要因为他是犹太人而遭到反动教会人士的排斥，诗人遂于第二年的5月移居到了巴黎。

在巴黎这个革命中心和国际文化大都会，海涅结识了巴尔扎克、大仲马、维克多·雨果和乔治·桑等法国大作家，以及肖邦、李斯特、柏辽兹等其他国家的音乐家和艺术家，经常有机会参加各种文艺聚会，观看演出和参观美术展览，过着紧张而充实的生活，眼界进一步开阔，思想也进一步活跃起来。在随后的十多年里，他虽也继续进行诗歌创作，但更多的时间和精力却用于为德国的报刊撰写通讯和时事评论，及时又如实地报道法国和巴黎的各方面情况，想让法兰西革命的灿烂阳光去驱散笼罩着封建分裂的德意志帝国的浓重黑暗，让资产阶级进步意识形态的熏风去冲淡弥漫在那里的陈腐之气，于是写出了《法兰西现状》《论法国画家》《论法国戏剧》以及《路台齐亚》等一大批报道和文论。与此同时，他也向法国读者介绍德国的宗教、历史、文化、哲学以及社会政治现状，写出了《论浪漫派》《论德国宗教和哲学的历史》等重要论著，帮助法国人民比较深刻地认识德国精神生活的方方面面。这样，海涅便开始了他更紧密地联系现实和富有革命精神的文学生涯第三个阶段。

在这个阶段，除去时评和文论，海涅还发表了小说《施纳波勒沃普斯基回忆录》《佛罗伦萨之夜》和《巴哈拉赫的法学教师》。只可惜这些作品全都是一些片段，而诗歌创作也几乎陷于停顿。这大概是因为时事过于动荡，诗人已无法静下心来从事纯文学的创作，拿德国著名的马克思主义文学批评家弗朗茨·梅林的话来说就是："海涅在三十年代极其严肃地对待他的'使徒的职责'和'护民官'的任务，因而他的诗歌创作就退居相当次要的地位了。"[①] 这意味着，海涅把自己革命战士的职责看得比他

[①] 弗朗茨·梅林：《论文学》，张玉书等译，人民文学出版社1982年版，第178页。

诗人的成就和荣誉还重。然而也多亏如此,他才得以充分展示在游记作品里已初露锋芒的社会观察家和批评家的才华,让后世能一睹其博大深邃的思想家和英勇善战、坚强不屈的战士的风采。

1844年,海涅在巴黎遇见马克思,与这位比自己年轻的革命家及其周围的同志结下了亲密的友谊,受到了他们的共产主义理想的影响。这一年11月,诗人在流亡十三年后第一次短时间回祖国探望母亲,心情异常激动,以至于一到边界心脏就"跳动得更加强烈,泪水也开始往下滴"。待到发现德国封建、落后的状况依旧,诗人更加悲愤难抑,于是怀着沉痛的心情写成了长诗《德国,一个冬天的童话》。在诗里,他不仅痛斥和鞭笞形形色色的反动势力,而且发出了"要在大地上建立起天上的王国"的号召。这部作品与合在一起出版的《新诗集》,也和前面提到的那些时评和文论一样,都具有紧密联系社会现实、有力针砭时弊和富有革命精神的特点。也就难怪恩格斯会兴奋地宣告"德国当代最杰出的诗人亨利希·海涅也参加了我们的队伍",[①]公开承认他是一名革命战士。

进入19世纪40年代,特别是在写成《德国,一个冬天的童话》以后,海涅的诗歌之泉在干涸了近十年后又迅速而激越地流淌、喷涌起来。在这个阶段,他写了大量如投枪匕首般锋利尖锐

[①] 恩格斯《共产主义在德国的迅速进展》(1844),《马克思恩格斯全集》中文版第2卷,人民出版社1957年版,第591页。

的"时事诗",如被誉为"德国工人阶级的马赛曲"的《西里西亚的纺织工人》等,对各式各样的反动势力进行无情的揭露和讽刺。也就是说,与早年的抒情诗相比,诗人这时的作品已发生了质的变化,不再是抒发个人喜怒哀乐的低吟浅唱,而成了战场上震撼心魄的鼓角和呐喊。可惜的是,在1848年法国爆发"二月革命"之后,整个欧洲都掀起了革命高潮之际,海涅的诗歌创作又中断了一两年。原因是诗人在年前罹患脊髓痨,到1848年已经卧床不起,正苦苦地与死亡进行着抗争。

进入19世纪50年代以后病情稍有缓和,海涅在创作"时事诗"的同时,也写了不少音调沉郁、愤世嫉俗的抒情诗,哀叹自身不幸的命运和遭遇。他身为犹太人且倾向进步和革命,因而长期受到德国政府的迫害。自1835年起,他的作品就列入了德国官方的查禁名单,且高居榜首,新作更难在国内出版,稿费来源儿近枯竭。与此同时,叔父所罗门·海涅对他的接济也早已断绝,在流亡中的诗人经济因此十分拮据,不得已便领取了法国政府发给他的救济金。这事在1848年被国内的论敌知道了,海涅因此遭到恶毒攻击,再加上生活艰苦辛劳等原因,他患的脊髓痨进一步恶化。1851年,在妻子玛蒂尔德陪同下,海涅好不容易支撑着病体,最后一次外出参观了卢浮宫博物馆,从此以后便长年地痛苦挣扎在他所谓的"床褥墓穴"中。可是尽管如此,诗人仍然像一位临死仍坚持战斗的战士一样坚持写作,直至1856年2月17日与世长辞。他在逝世前一年为自己的散文集《路台齐亚》法文版撰写的那篇序言,表明这位战士诗人至死不悔,始终忠于自己的共产主义的信念和革命理想。

海涅享年58岁，比起那些与他差不多同时代而英年早逝的天才诗人、作家如棱茨、荷尔德林、比希纳以及拜伦和裴多菲来，可谓长寿。但是他并不幸福，因为不只出身微贱，而且一生颠沛流离，最后竟至客死他乡，虽然他爱法国和巴黎甚于自己的德意志祖国。根据诗人的遗愿，他死后安葬在了巴黎著名的蒙马特公墓。不过，诗人又可以说非常幸福，因为在后世德国乃至全世界读者的心中，他无疑已用既丰富多彩又才华横溢的作品，为自己竖立起了一座高大、宏伟和不朽的纪念碑。

海涅的出身、经历、交往和思想发展，都很自然地影响了他的文学创作，也反映在了他的作品特别是他的诗歌中。我们眼前这个集子选收他各个时期的抒情诗代表作，并按年代加以编排，可以讲在相当程度上也反映了诗人生活际遇和思想发展的全貌。也就是说，在这个集子里，我们几乎能够看见"整个的海涅"。

海涅的诗歌创作包括抒情诗、时事诗、叙事诗以及长诗等样式或品种，可谓丰富多彩；其中尤其是抒情诗，无论立意、运思，还是语言风格，都有鲜明的个性，独特的风格。纵观整个德语诗歌史，海涅可称是继歌德之后最杰出的歌者。在世界诗坛上，海涅的成就和影响足以与英国的拜伦、雪莱，俄国的普希金，匈牙利的裴多菲等大家媲美。他的多半以爱情为题材的抒情诗，由舒曼、舒伯特、门德尔松、柴可夫斯基等各国大作曲家谱写成的歌曲多达三千首，数量甚至超过了被他和拜伦尊为"诗坛君王"的歌德，堪称世界第一。其中如《罗蕾莱》《你好像一朵鲜花》《北方有一棵松树》《乘着歌声的翅膀……》《我曾在梦中哭泣……》等，更是受到各国作曲家的青睐，被反复谱曲，少的就有六七十次，最多的《你好像一朵鲜花》竟达到160多次，恐怕也已算得上世界之最。所有这些脍炙人口的歌曲，还有许多类似的优美动人的抒情诗，一个多世纪以来便在世界范围内广泛流传，特别是受到正处于青春期的烦恼苦闷中的年轻人和漂泊异乡的游子们的喜爱。记得几十年前，在我就读的南京大学德文专业，《心，我的心，你不要忧郁》和《你好像一朵鲜花》这样的诗篇，便曾被工工整整地抄下来，在男女同学中间相互赠送。如前一首仅有短短八行：

心，我的心，你不要忧郁，
快接受命运的安排，
寒冬从你那儿夺走的一切，
新春将重新给你带来。

为你留下的如此之多，
世界仍然这般美丽！
一切一切，只要你喜欢，
我的心，你都可以去爱！

想当年，不幸既烦恼苦闷又漂泊异乡的穷小子的我，确实从一位同窗抄送给我的这首小诗中获得了不小的慰藉，不，岂止是慰藉，简直是生活的勇气。

上述大多写成于19世纪早期和二三十年代的抒情诗，以及部分50年代产生的哀叹自身命运的诗，固然都情真意切，音韵优美，感人肺腑，然而常常却不免情调缠绵、忧伤、凄切。与之形成鲜明对照的是，海涅在革命的三四十年代所写的大量所谓时事诗，以及产生于1825、1826这两年的咏海诗。

最著名的时事诗如《颂歌》《教义》《倾向》《等着吧》和《西里西亚的纺织工人》等，都以音调铿锵、气势豪迈而深受读者喜爱，因此成为诗歌朗诵会的保留节目。其实，这些所谓的时事诗同样是优秀的抒情诗，只不过它们所抒发的已不限于个人一己的喜怒哀乐，而是从对时代和大众的深切关怀中所迸发出来的革命豪情，因而也具有动人心魄的力量和巨大深刻的社会意义，赢得了更广泛的赞誉。它们是战斗的呐喊，冲锋的号角，所谓时事诗应该说也就是时代的诗，因为它们是战士海涅在那革命的年代发出来的时代最强音。

至于那两组咏海诗，同样不只写出了大海的宽广浩渺、粗犷豪迈、澎湃汹涌和变化无常，也就是说并非是对自然景物的纯客观描绘，而都是诗人借景抒怀，与抒情诗的不同只在于表现得含蓄一些罢了。很显然，它们虽同为韵海诗，所表现的感情却各式各样，手法也有相应的变化。例如《表白》《舟中夜曲》和《海中幻影》这三首诗都涉及爱情这同一主题，然而我们读后的感受却大不相同。其中特别是《表白》，比起海涅早年那些多少有点轻佻的情诗来，更具有大得多的震撼力。

20世纪以来，经过鲁迅、郭沫若、段可情、冯至、林林以及其他一些前辈作家和翻译家的译介，海涅已成为我国广大读者十分熟悉和热爱的一位外国诗人。在重新选译他的抒情诗和时事诗的过程中，我从前辈特别是本人的业师冯至教授的旧译学习了不少东西，目的是使这新译更加完善，更具可读性，更加上口和富有诗味。

综上所述，海涅从15岁写第一首诗开始，直至逝世前两周吟成绝笔诗《受难之花》，几乎与诗歌一生相伴，文学创作特别是诗歌创作几乎成了他的全部生命。他的诗歌创作大致可以划分为三个阶段：

早年，他"囿于温柔的羁绊"，抒写的主要是自己个人对于堂妹阿玛莉和特莱萨的恋慕之情和失恋的痛苦。此外，他也创作了一组气魄宏大的咏海诗，并在另外一些诗中，表达了对法国大革命的同情，对德国社会现实的愤懑和不满。海涅这个时期的作品，特别是其中的爱情诗，大多充满郁闷和哀愁，却哀而不怨，甚至时时叫人觉得风趣而俏皮，整体风格既清新、柔美、飘逸，又单纯、质朴、自然、热烈，富于民歌的韵致。郭沫若在1920年出版的《三叶集》中对海涅的诗十分欣赏，称它"丽而不雄"，用来评价海涅的早年诗歌创作是很恰当的。这一时期最富代表性的作品为《罗蕾莱》《北方有一棵松树》《你好像一朵鲜花》和《宣告》等。

1830年法国"七月革命"爆发，海涅迅速"投身时代的伟大战斗行列"，诗歌创作遂进入成熟的中期。在19世纪40年代欧洲普遍高涨的革命形势的激励鼓舞下，在马克思的影响帮助下，他的诗歌创作达到了前所未有的光辉顶点。这时，他诗中的玫瑰与夜莺已经被剑与火焰代替，诗人充分显示了自己"打雷的本领"。在各个阶段，海涅创作了不少政治时事诗，其中不乏雄浑豪放之作，喇叭和大炮之声时时可闻。在这个阶段，他写成了《颂歌》《教义》《倾向》《西里西亚的纺织工人》以及长诗《德国，一个冬天的童话》等富于战斗精神的诗篇，其中的《西里西亚的纺织工人》（1844）更被誉为"德国工人阶级的马赛曲"。

1845年特别是1848年以后，受到大革命的失败和自身健康状况急剧恶化的影响，海涅的诗歌创作由斗志昂扬、激情奔放的中期，转入了低沉悲壮的晚期。读着他那些怀念故土、慨叹人生、愤世嫉俗的篇章，我们仿佛看见诗人辗转反侧在"床褥墓穴"中，咬紧牙关，忍受着难以名状的肉体和精神的痛苦，与敌人和命运，与酿成这命运的社会进行着顽强的、最后的抗争。他这个时期的作品虽难免有失望彷徨的情绪，格调也倾向凄恻哀婉，但始终如一地保持着乐天的战斗精神，风格仍然是那样自然、单纯、诚挚，字里行间还不时透出机智和幽默。像《现在往哪里去》《决死的哨兵》和《遗嘱》等作品，都很好地表现了诗人宁折不弯、宁死不屈的战士情怀。

在此不妨强调一下，这贯穿于海涅整个创作中的机智幽默情趣，应该说是使他区别于其他所有抒情诗人的一个最为突出的天赋特征。正是它，显露出了海涅作为一位目光犀利的思想家的本色，使他的诗内涵更加深沉丰富，更加耐人寻味。在不同时期的不同作品中,这种机智幽默情趣,或表现为对不幸际遇的自我解嘲,或表现为对朋辈的友好调侃,或表现为对敌人的尖刻讽刺……这种机智幽默情趣,从本质上讲,乃是海涅积极乐观的天性和不屈不挠的斗争精神的反映。

1816

用玫瑰、柏枝和金箔片

用玫瑰、柏枝和金箔片,
我着意将这本小书装点,
让它变作精致可爱的棺木,
好把我的诗歌盛殓。

啊,但愿还能装进我的爱情,
我爱情的墓畔有宁馨的花朵滋生,
这花朵啊恣情开放,任人摘取——
可要它为我开,只有我身入坟茔。

我的诗歌啊曾经多么热情奔放,
恰似埃特纳火山①喷吐的岩浆,
它涌流自我的心灵的深处,

---

① 埃特纳火山(Mount Etna),意大利西西里岛东岸活火山。其名来自希腊语 Atine,意为"我燃烧了"。为欧洲最高活火山。

还向四周迸射过许多火光。

如今它们无声无息，死气沉沉，
如今它们黯然失色，冰冷僵硬。
可一当爱的精灵在头顶上盘旋，
旧日的烈火又会给它们新的生命。

到那时我心中的预感会发出喊声：
爱的精灵就要使我的诗焕发青春；
有一天这本书也会落到你的手里，
你这远在他乡的甜蜜而可爱的人。

到那时诗歌中的魔魇将会解除，
苍白的字句将凝望着你的美目，
它们将向你哀告，向你倾诉，
用爱的嘘息，以及爱的痛苦。

教　　训

母亲告诫小蜜蜂：
"发光的蜡烛别去碰！"
母亲不停地讲啊讲，
小蜜蜂全当耳边风。

它围着烛光团团转，
还一个劲儿嗡嗡嗡，
听不见母亲大声唤：
"小蜜蜂呀，小蜜蜂！"

青春的血液，狂暴的血液
把它赶进了烛焰中，
烛焰中间火熊熊，
"小蜜蜂哟，小蜜蜂！"

只见红光一忽闪，
烈火已把它葬送——
小伙子啊，小伙子，
年轻的姑娘别瞎碰！

1817

早上我起身便问……

早上我起身便问：
亲爱的今天可会来？
晚上躺下时却叹惜：
今天她还是没来。

夜里我满怀苦闷，
辗转反侧难以入眠；
白天却昏昏沉沉，
就像在梦游一般。

我奔来跑去,坐卧不宁

我奔来跑去,坐卧不宁!
几小时后我就要见到她,我的爱人;
我的爱人,漂亮姑娘中最漂亮的那个——
可你干吗突突狂跳啊,我忠诚的心!

然而,时光却是一群懒汉!
他们步履拖沓,悠悠闲闲,
一路上哈欠打个没完没了——
我说快点啊,你们这些懒汉!

我真个心急火燎,焦躁难耐!
可叹时间女神从来不谈恋爱;
她们密谋策划,发誓跟我们作对,
她们看不惯这些恋人,如此急不可待。

1819

我的烦恼的美丽摇篮

我的烦恼的美丽摇篮,
我的安宁的美丽墓碑,
美丽的城市啊,我们必须分手——
别了!我要向你发一声吼。

别了,你神圣的家门,
我的爱人曾在这里出出进进;
别了,你神圣的地域,
我在这里初次见到我的爱人。

要是我从来不曾见过你,
我心中美丽的女王,
那就不会发生后来的一切,
我今天也不会如此悲伤。

我从不想打动你的心,

我从不曾乞求你的爱,
我只渴望安安静静地生活,
在轻拂着你的呼吸的所在。

可你自己却逼我离去,
还亲口吐出刻毒的话语;
我的感官已被狂念搅乱,
我的心也受了伤,生了病。

如今我的四肢软弱无力,
手扶游杖,艰难前行,
一直到我把疲倦的头颅,
放进异乡阴冷的坟茔。

山岭和古堡低头俯瞰……

山岭和古堡低头俯瞰
明澈如镜的莱茵河，
我的船儿欢快地扬着帆，
划过日光里闪亮的金波。

我静静地观赏着那
嬉戏的浪花，跳荡的涟漪，
在心胸深处不知不觉又有
沉睡了的情感复活。

美丽的河流含笑点头，
诱我投入它的怀抱；
可我了解它：表面光明，
内里却藏着死亡和黑夜。

笑脸迎人，心存诡诈，
河啊，你正是我爱人的写照！
瞧，她不也会亲亲热热地点头，
她不也会妩媚温柔地微笑。

一开始我几乎绝望……

一开始我几乎绝望,
以为自己断难忍受;
可我到底忍受了下来——
只是别问:如何忍受?

两个掷弹兵

两个掷弹兵踏上归途,
从被俘的俄国回法兰西。
一当进入德国的领土,
他俩便不禁垂头丧气。

他俩听到可悲的消息:
法兰西已经没了希望,
大军整个儿一败涂地——
皇上也落进敌人手掌。①

两个掷弹兵抱头痛哭,
为着这个可悲的消息。
一个道:"我真痛苦啊,
旧伤口又火烧火燎的。"

---

① 在1813年的莱比锡战役中,拿破仑几乎全军覆没,第二年不得不退位,并被流放到地中海的厄尔巴岛。

另一个说:"大势已去,
我也想和你一道自杀,
只是家里还有老婆孩子,
没了我他们休想活啦。"

"老婆算啥?孩子算啥?
我的追求可更加高尚;
饿了就让他们讨饭去吧——
他被俘了啊,我的皇上!

"答应我的请求吧,兄弟:
如果我现在就一命呜呼,
请运我的尸骨回法兰西,
把我埋葬在法兰西故土。

"这红绶带上的十字勋章,
你要让它贴着我的心口;
把这步枪塞进我的手掌,
把这长刀悬挂在我腰头。

"我这样躺在坟墓里面,
就像一名警惕的岗哨,
直到有朝一日我又听见

大炮轰鸣，奔马长啸。

"这时皇上纵马跃过坟头，
刀剑铿锵撞击，闪着寒光；
我立即全副武装爬出来——
去保卫皇上，我的皇上！"[①]

[①] 海涅是法国大革命和拿破仑的同情者与拥护者，这首诗实际上抒发的是他自己的感情。

朵朵花儿,一齐……

朵朵花儿,一齐
仰望明亮的太阳,
条条江河,一齐
奔向闪亮的海洋。

所有歌儿,一齐
飘向我漂亮的爱人;
带去我的泪水和叹惜吧,
你们忧伤凄婉的歌曲!

美丽的明亮的金色的星星

美丽的明亮的金色的星星,
请代我问候远在他乡的爱人,
告诉她:我还和从前一样,
心患相思,面色苍白,对她忠诚。

1820

伤心人

看着这苍白的少年,
没有谁不感到心疼:
他满脸的痛苦愁烦,
要多分明有多分明。

轻拂的微风同情他,
扇凉他燥热的额头;
傲慢的姑娘抚慰他,
把笑意送进他心头。

他躲避市民的喧嚣,
逃向那郊外的树林。
林中叶簇喧闹嬉笑,
还有百鸟欢歌啭鸣。

可一当伤心的人儿

慢慢地走近这树林，
枝叶沙沙变得凄惨，
鸟儿也都哑然无声。

可怜的彼得摇摇晃晃地走来……

可怜的彼得摇摇晃晃地走来，
怯生生，慢吞吞，脸色苍白。
过往行人只要将他瞧见，
几乎一个个全踟蹰不前。

姑娘们交头接耳，窃窃私语：
"这家伙准是墓穴里爬出来的。"
唉，才不是喽，可爱的姑娘，
他呀，现在刚好要走进坟场。

他已然失去心中珍爱之物，
因此墓穴成了最好的归宿，
他不妨安安心心躺在那里，
一睡便睡到那世界末日。

杜卡登[1]之歌

我的金铸的杜卡登啊,
告诉我,你们现在何处存身?

可是陪伴着金色的小鱼,
在清澈见底的溪水中
快活自由地浮沉?

可是陪伴着金色的小花,
在洒满朝露的绿野里
妩媚地眨着眼睛?

可是陪伴着金色的小鸟,
在一碧如洗的天幕上
身披着霞光飞行?

---

[1] 杜卡登,德国古金币。

可是陪伴着金色的星星，
在云汉璀璨的夜空中
永远地含笑盈盈？

唉！你们金铸的杜卡登啊，
你们既不在清溪中浮沉，
也不在绿野里眨动眼睛；
既不在蓝天上自由飞行，
也不在夜空中含笑盈盈——
我的债主们，我敢担保，
他们把你们抓得很紧。

赠 别

——题纪念册

我们这世界是一条大公路,
我们人不过是路上的过客;
匆匆来去,或骑马或徒步,
如赛跑选手,像送信使者。

彼此擦身而过时点头致意,
或者拿手绢在车窗外挥舞;
拥抱亲吻嘛原本也挺乐意,
无奈狂奔的马匹已停不住。

咱俩刚相逢在同一个站上,
亚历山大王子[①]啊,亲爱的,
然而车夫已将启程号吹响,
号声中咱俩只得各奔东西。

---

① 亚历山大·封·维特根施泰因王子是海涅在波恩大学的同学。

大实话

当春天带来明媚的阳光,
花朵便会竞相开放;
当月亮踏上光辉的旅程,
星星便会随后徜徉;
当歌手瞅见盈盈的秋波,
歌声便会涌出心房——
可是歌声、星星和花朵,
还有明眸、月光和春阳,
这些东西尽管叫人喜爱,
却还远远不能构成世界。

致 A. W. v. 施莱格尔

穿着带衬架的长裙,花枝招展,
腮帮上贴着美人痣,浓施粉黛,
鞋尖儿似鸟喙,垂着花边饰带,
云鬟高耸如塔,纤腰黄蜂一般:

当初冒牌缪斯就如此浓妆艳抹,
来俯就于你,亲切地将你拥抱。
而你却避开她,从她身边逃掉,
继续你的追求,好似走火入魔。

在古老的荒野你找到一座宫殿,
有位绝色女郎酣睡在宫殿里面,
她中了魔法,像尊可爱的石像。

魔法解除了,一当你亲她一亲,
德意志的真缪斯已微笑着苏醒,
投入你怀抱,爱得你如痴如狂。

致母亲B. 海涅[①]

一

我惯于高高地昂起头颅，
性情也有些固执、倨傲；
纵使国王正视着我的脸，
我也绝不肯低眉顺眼。

可是，母亲，我坦白对你说：
我尽管高傲自大，目空一切，
在你的幸福而亲切的身旁，
我却常常感到卑微、胆怯。

是你的精神悄悄制服了我？——
你崇高的精神无往不胜，
光明灿烂可与日月辉映。

[①] 海涅的母亲原名佩伊拉（Peira），后改名贝蒂（Betty），娘家姓为盖尔代恩（Geldern）。她酷爱文艺，对海涅的成长很有影响。

还是往事的回忆令我难过？——
我曾干下那样一些事情，
伤了你爱我的慈母之心。

二

我曾狂妄地离开你，
想要走遍天涯海角，
看何处能寻找到爱，
好满怀着爱将爱拥抱。

我找遍了大街小巷，
挨门挨户伸手乞讨，
求人给我些许爱的施舍——
可得到的只是笑骂冷嘲。

我不停地走到东，走到西，
哪儿也没有爱，没有爱，
我终于转回家，痛苦又悲哀。

这时母亲你迎着我走来，
啊，瞧你那眼里浮泛着的，
不正是我久寻不着的甜蜜的爱？

1821

写给克里斯蒂安·S[①]的十四行诗

一

我不跳祭神舞,也不对神祇焚香祷告,
它们表面披金裹银,骨子里却泥塑木雕;
我不握背地里糟蹋我名字的坏小子的手,
他们当面对我嘻嘻哈哈,然而笑里藏刀。

我不在妖冶的仕女面前低首下心,
她们无耻地将自己的丑行炫耀;
我不跟着愚民一起当牛做马,
他们甘愿拉着偶像的凯旋车奔跑。

我清楚,傲岸的橡树难免倾倒的命运,
溪畔的芦苇却凭着柔软灵活的腰肢

[①] 指克里斯蒂安·塞特(Christian Sethe,1789—1857),海涅的同学和挚友。原诗共九首,这里只选译两首。

无论何时总能在风风雨雨中站住脚。

可告诉我,芦苇的前途又将怎样?
真幸运啊:能充当浪荡子的游杖,
能做成擦靴匠拍打衣裳的掸灰条!

二

我嗤笑索然无味的纨绔子,
他们瞪着我,山羊似的一脸蠢相;
我嗤笑老奸巨猾的狗密探,
他们嗅着我,把鼻子伸得来老长。

我嗤笑学识渊博的猢狲,
他们自我鼓吹,俨然精神界的法官;
我嗤笑胆小怯懦的恶棍,
他们恐吓我,用毒汁浸过的刀和箭。

纵令我们幸福所必需的一切
已被命运的双手捣毁、砸烂,
扔到了我们的脚边;
纵令我们身体里的心
已被撕裂,已被割破,已被刺穿——
洪亮而高昂的笑声仍将我们陪伴。

我曾梦见过热烈的爱情

我曾梦见过热烈的爱情,
还有漂亮的鬈发、桃金娘和木犀,
我曾梦见过甜蜜的唇和刻毒的话,
还有忧郁的歌儿和忧郁的乐曲。

昔日的梦境啊早已经褪色、飘散,
就连梦中的倩影也都杳然逝去!
留给我的只有这软绵绵的曲调,
以及用这曲调铸成的狂热诗句。

你独自留下的歌曲啊,飘散吧,
去追寻我那久已消失的旧梦!
见着它请代我向它问一声好,
我要给空虚的梦影捎去空虚的叹息。

我独自漫步树荫……

我独自漫步树荫,
怀揣着苦闷悲哀;
突然间心里一惊,
是旧梦倏然袭来。

你们空中的鸟儿啊,
谁教你们唱这支歌?
别唱啦!听见它,
我的心又特难过。

"曾经有一位女郎,
她老唱这支歌曲,
我们鸟儿便学会唱
这支美妙的金曲。"

乖巧狡猾的小鸟啊,
别再对我提这事情;
你们想给我以抚慰,
可我谁都不再相信。

听着，德意志的男人、姑娘和妇女

听着，德意志的男人、姑娘和妇女，
你们要征集签名、不惧辛劳！
法兰克福的市民们做出决定，
要为诗人歌德把纪念碑建造。①

"让来赶博览会的外地商贩瞧瞧，"
他们心里嘀咕，"咱们是诗人的同胞，
从咱们的粪堆里开出了美好的花朵，
谁还能不闭上眼睛，大胆和咱们成交。"

啊，别去碰诗人的桂冠吧，
你们富商巨贾！留下你们的钱包，
纪念碑歌德自己已替自己建好。

---

① 1819年，歌德故乡法兰克福成立了一个委员会，准备为诗人建造纪念碑，后因资金短缺未能实现计划。

尿襁褓那会儿他的确与你们相近相亲，
可眼下离你们却远胜云霄，恰似你们
与萨克森豪森之间隔着一条小小河道。①

---

① 萨克森豪森现为法兰克福的一个区，与老城之间横亘着美因河。

是的，你怪可怜，我却不气恼……

是的，你怪可怜，我却不气恼；——
亲爱的，咱俩原本一对儿可怜虫！
直到死神使我们痛苦的心碎掉，
亲爱的，咱们注定是俩可怜虫！

你嘴角边泛起的嘲讽我看得清楚，
你桀骜不驯的目光我也注意到，
我还看见你傲慢地挺起了胸脯——
可你仍旧可怜，与我比不差分毫。

你的唇边隐隐得见痛楚抽搐颤抖，
强忍的泪水已经使你目光浑浊，
你骄傲的胸中深藏着秘密的伤口——
亲爱的，咱们注定是俩可怜虫。

小小的花朵倘若有知……

小小的花朵倘若有知,
知道我的心受伤多重,
它们定会跟着我哭泣,
为的是减轻我的悲痛。

夜莺儿们倘若也有知,
知道我何等多愁多病,
它们将快快活活唱起
那抚慰我心灵的歌声。

金色的星星高挂天上,
要是也知道我的痛苦,
它们一定会从天而降,
为了温柔地将我安抚。

可它们全都无法知道,
知道我苦衷的只有她:
我的心啊给人撕碎了,
撕碎我心的人正是她。

我的泪水里将有……

我的泪水里将有
无数鲜花滋生,
我的哀叹将化作
夜莺们的啼鸣。

你若爱我,宝贝儿,
我把花全送你,
还让在你的窗前
时时可闻莺啼。

1822

用你的脸贴着我的脸……

用你的脸贴着我的脸,
让眼泪流淌在一起;
用你的心靠着我的心,
让爱焰炽烧在一起!

一当我们的泪似激流
注入这熊熊的爱焰,
一当我的臂将你紧搂——
为相思我死也心甘!

我愿将我的灵魂……

我愿将我的灵魂
浸进百合的花萼；
让它清脆地吟唱
一曲我爱人的歌。

歌声要羞涩哆嗦，
像她亲吻的嘴唇，
她曾这样吻过我，
在那甜美的时辰。

星星们高挂空中……

星星们高挂空中，
千万年一动不动，
彼此在遥遥相望，
满怀着爱的伤痛。

它们说着一种语言，
美丽悦耳，含义无穷，
世界上的语言学家，
谁也没法将它听懂。

可我学过这种语言，
并且牢记在了心中，
供我学习用的语法，
就是我爱人的面容。

乘着歌声的翅膀……

乘着歌声的翅膀
亲爱的,我带你前往,
去到恒河的岸旁,
我知道的最美的地方。

在静静的月光下,
那儿的花园红花盛开;
玉莲花痴心等待,
等忠诚的小妹妹到来。

紫罗兰巧笑生媚,
仰望着夜空中的星星;
玫瑰花窃窃私语,
相互倾诉芬芳的爱情。

羚羊跳过来偷听,
一副虔诚、机灵样儿;

远处有隐隐涛声，
是圣河正在掀波涌浪。

我俩就降落此地，
在一丛棕榈树的树荫，
畅饮爱情和安谧，
如此咱们便美梦成真。

玉莲花模样儿羞涩……

玉莲花模样儿羞涩,
害怕见太阳的光芒,
因此便低垂着头儿,
把夜晚期待、梦想。

月亮是玉莲花的情人,
照得它从梦中醒来;
它温柔地揭下面纱,
显露出柔媚的风采。

它灿烂地盛开怒放,
默默地注视着夜空;
它哭泣、颤抖、芬芳,
怀着爱与爱的伤痛。

你不爱我,你不爱我……

你不爱我,你不爱我,
我对此一点儿不在意;
只要我能见到你的面,
我便快乐得像个皇帝。

你甚至恨我,甚至恨我,
你红红的嘴儿这么讲;
只要你准许我吻吻它,
宝贝儿,我便如愿以偿。

噢，不用发誓，只需亲吻……

噢，不用发誓，只需亲吻，
女人的誓言我半句不信！
你的话固然甜美，更甜美
却是你亲吻我的这张嘴！
你亲吻过我，我坚信不疑，
言语空虚似烟雾、气息。

哦，亲爱的，只管发誓吧，
我才相信你这些空话！
一当头枕着你的酥胸，
我便已感到幸福无穷；
我相信你会永远爱我，
亲爱的，连永远都胜过。

世人真愚蠢,世人真盲目……

世人真愚蠢,世人真盲目,
一天比一天更无聊!
他们议论你,我的美人儿,
说你性情一点不好。

世人真愚蠢,世人真盲目,
总是对你缺少认识;
他们不知你的吻多么甜蜜,
多么令我陶醉痴迷。

吹起笛儿拉起琴……

吹起笛儿拉起琴,
再加嘹亮喇叭声;
跳起婚礼圆圈舞,
我的心肝小爱人。

大鼓咚咚咚咚敲,
风笛乌啦乌啦叫;
一群善良的天使
也跟着又唱又跳。

为什么玫瑰这般苍白

为什么玫瑰这般苍白,
啊,告诉我,亲爱的?
为什么绿野里的紫罗兰,
它也这般沉默无语?

为什么在高高的蓝天上,
云雀的歌声如泣如诉?
为什么自一丛丛香草中,
飘散出腐尸的臭气?

为什么太阳照到平野里,
光线这般阴冷、惨淡?
为什么大地像一座坟墓,
荒凉灰暗,了无生息?

为什么我自己也多病多愁,
告诉我,我的亲爱的?
我最心爱的人啊,说吧:
为什么你竟离我而去?

他们给你讲了很多……

他们给你讲了很多，
对我的责难真不少；
然而却没有对你说，
我的心被什么煎熬。

他们摇着脑袋哀叹，
装模作样煞有介事；
他们说我是个坏蛋，
你竟全部深信不疑。

然而最最糟糕的事，
他们却全然不知情；
我把它秘藏在心里，
这最糟最蠢的事情。

我痴迷地沉溺于梦想……

我痴迷地沉溺于梦想,
久久久久地流连异乡:
我爱人感觉等得太长,
于是缝好出嫁的衣裳,
并张开她温柔的臂膀,
拥抱最愚蠢的少年郎。

我的爱人美丽又温柔,
倩影仍萦回在我心头;
脸似玫瑰,眼如紫罗兰,
娇艳动人,一年复一年。
我竟抛下这样的爱人,
真叫愚蠢不能再愚蠢。

世界多么美,天空多么蓝……

世界多么美,天空多么蓝,
风儿多柔和,空气多新鲜,
欣荣的原野上百花吐艳,
还有清晨的露珠儿亮闪闪,
欢乐的人群也随处可见——
可我却愿意静卧在墓穴里,
紧挨着故去的爱人的躯体。

北方有一棵松树

北方有一棵松树,
孤零零立在秃冈上。
冰雪替它蒙上白被,
送它沉沉入梦乡。

它梦见一棵棕榈,
在遥远遥远的东方,
孤单单暗自哀戚,
在火辣辣的岩壁。

啊，我真愿……

头说：
啊，我真愿变成一张小板凳，
供我的心上人搁脚！
任她怎样踏我、踩我，
我也绝不抱怨、喊叫。

心说：
啊，我真愿变成一只小布袋，
供我的心上人插针！
任她怎样戳我、刺我，
我也一样快乐、欢欣。

歌说：
啊，我真愿变成一片小纸头，
供我的心上人卷发！
我要悄悄凑近她耳边，
对她诉说我心里的话。

自从爱人离我远去……

自从爱人离我远去,
我便没了笑的能力。
不管别人怎么扯淡,
我都没法再展笑颜。

自从我将爱人失去,
我便再也不曾哭泣;
即使痛苦令我心碎,
我却硬是欲哭无泪。

我用自己巨大的哀伤……

我用自己巨大的哀伤,
谱成这些小小的歌曲;
它们悦耳地振动羽翼,
飞向我那爱人的心房。

它们找到了我的爱人,
却又飞回来大发抱怨,
而且只抱怨不肯明言
在她心中见到的情形。

一个青年爱一个姑娘

一个青年爱一个姑娘，
姑娘却相中另一个人；
这人偏又爱另一个女子，
并且跟她结了婚。

姑娘于是恼羞成怒，
嫁给了闯上门来的
随随便便一个男人，
叫青年好不伤心。

这是一个古老的故事，
然而它却永远新鲜，
谁要刚巧碰上这事，
谁的心就裂成两半。

一听见这支曲子……

一听见这支曲子,
想起爱人曾唱过它,
我就难过得要死,
就快要把胸膛气炸。

内心暗暗地渴望,
渴望爬上山林之巅,
去那儿大哭一场,
让哀伤溶化在泪泉。

亲爱的,我俩相偎相依……

亲爱的,我俩相偎相依,
乘坐着一艘小艇。
夜色是如此静谧,
我俩朝海上划行。

朦胧的月光下面
静卧着美丽仙岛;
妙漫的乐音盈耳,
雾之舞缥缥缈缈。

乐音越来越动听,
舞蹈一刻不停息;
我俩却继续航行
向大海,怀着忧郁。

他们全都使我痛苦……

他们全都使我痛苦,
气得我脸发白发青。
一些人用他们的爱,
一些人用他们的恨。

给我的面包混毒药,
给我的酒杯羼毒鸩。
一些人用他们的爱,
一些人用他们的恨。

可是她,她最使我
痛苦、气恼、伤心:
她对我从来也没爱,
她对我从来也没恨。

你的小脸儿上……

你的小脸儿上
暖洋洋似夏天,
你的心坎儿里
却寒冷如冬天。

最亲爱的人儿啊,
你的情形会改变!
你脸上将是冬天,
你心里将是夏天。

两个人分别之时……

两个人分别之时,
总要相互握握手,
并开始痛哭流涕,
唉声叹气没个够。

我俩却不曾痛哭,
也没有唉声叹气!
只是等分手以后,
才不住流泪叹息。

他们在茶桌旁相聚……

他们在茶桌旁相聚,
高谈阔论着爱情,
先生们富于鉴赏力,
太太们脉脉含情。

干瘪的宫廷顾问道:
"爱情得是柏拉图式。"①
顾问夫人冷笑了笑,
"唉!"接着又是叹气。

教堂主持大声武气:
"爱情可不能太粗狂,
不然就会损伤身体。"
小姐柔声细语:"怎么讲?"

---

① 柏拉图(Plato,公元前427—前347),古希腊哲学家。柏拉图式的爱情指其所推崇的非肉欲的精神上的爱情。

伯爵夫人忧郁地说：
"爱情啊真是受苦受难！"
说着她便温情脉脉
去给男爵先生把茶献。

茶桌旁还空个座位；
亲爱的，你没有在场。
关于你的爱情，宝贝儿，
原本你该好好儿讲讲。

我又重温了昔日的旧梦

我又重温了昔日的旧梦,
梦见我俩坐在菩提树荫,
在一个美好的五月之夜,
我俩发誓相互永远忠诚。

发完一个誓再发一个誓,
我俩嬉笑、爱抚又亲吻,
并且你在我手上咬一口,
为了使我把誓言记在心。

我明眸生辉的小爱人啊!
你这么妩媚却这么任性!
发誓忠诚纵然理所应当,
咬我一口可实在是过分。

我曾在梦中哭泣……

我曾在梦中哭泣,
梦见你已经下葬。
等到我醒来之时,
泪水还挂在脸上。

我曾在梦中哭泣,
梦见你离开了我。
等到我醒来之时,
心里还久久难过。

我曾在梦中哭泣,
梦见你忠实依旧。
等到我醒来之时,
泪水仍滚滚长流。

一颗星星落下……

一颗星星落下,
从它闪烁的高处!
是那爱情之星啊,
我看见了它殒殁。

从苹果树落下
许多的花瓣花朵!
是那调皮的风啊,
把它们戏弄折磨。

天鹅在池中歌唱,
还不住游来游去,
歌声渐渐变喑哑,
它沉入水的墓穴。

多么寂静、幽暗!
花瓣花朵俱飘散,
那颗星儿破碎了,
天鹅之歌已中断。

午夜如此寒冷而死寂……

午夜如此寒冷而死寂；
我徘徊林中，唉声叹惜。
我把睡梦中的树推醒，
它们直摇头，怀着同情。

一个人要是轻生自杀……

一个人要是轻生自杀,
就会埋葬在十字路旁;①
他墓前将长出朵兰花,
名叫可怜的罪人之花②。

我站在十字路口叹息,
夜是如此寒冷、死寂。
但见在月光的照耀下,
罪人之花正缓缓摇曳。

---

① 依据基督教教义,自杀乃是犯罪,因此古代自杀者不得在公墓里长眠,只能葬于村外的十字路口。

② "可怜的罪人之花"(Die Armesuenderblume)即野苣,也叫苦荬。

室外尽管积雪如山……

室外尽管积雪如山,
狂风呼啸,下雹打霰,
雹子噼啪敲击窗扇,
我也永远不会抱怨,
只因为在我胸中藏着
她的倩影,春的欢乐。

五月已经到来……

五月已经到来,
枝繁叶茂百花盛开,
蔚蓝的晴空里,
飘过玫瑰色的云彩。

从那高高树顶,
传来夜莺儿的啭鸣,
嫩绿的苜蓿丛,
跳跃着雪白的羊群。

既不能跳也不能唱,
我卧病草地上,
不知梦见了些什么,
但闻牧铃叮当。

我梦见我做了上帝

我梦见我做了上帝,
高高地端坐在云端,
天使们环伺在周围,
齐唱赞扬我的诗篇。

我吃着蛋糕和蜜饯,
花了些可爱的金圆,
我边吃边喝卡迪纳[①],
可却不欠一个小钱。

然而我无聊得要命,
真希望重回到人世,
即使上帝再当不成,
灵魂也给魔鬼抓去。

---

① 卡迪纳,一种清凉饮料。

长腿天使加百列啊,
快快迈开你的双脚,
去接我的好友欧根[①]
上天堂来逍遥逍遥。

你别去教室里找他,
他准在喝托卡伊酒;
你别上赫德威教堂,
他准在迈耶小姐家。

加百列展开双翅,
飞到了下界尘寰,
抓住我朋友欧根,
把他带至我的座前。

不错,朋友,我做了上帝,
尘世现在归我管辖!
我可不早告诉过你,
总有一天我会飞黄腾达。

我每天都创造奇迹,

[①] 欧根指波兰伯爵欧根·封·布莱察。

它们准会叫你吃惊。
眼下我就降福柏林,
让你看着开心开心。

我叫城中大街小巷,
铺路石全一分为两,
石头里边藏着牡蛎,
一个个都又鲜又亮。

我叫天降倾盆大雨,
街边水沟哗哗流淌,
可降的都是柠檬汁,
流的都是葡萄佳酿。

柏林市民欣喜若狂,
全都一涌来到街上,
趴在沟边猛吃猛喝,
达官贵人也不两样。

诗人们吃着天赐美味,
一个个乐得手舞足蹈;
尉官和士官更是勇敢,
用舌头舔遍整个街道。

尉官和士官聪明非凡，
而且有的是阅世经验，
这样的奇迹啊，他们想，
才真真叫作见所未见。

1823

在我极其阴暗的生活里……

在我极其阴暗的生活里，
曾有个甜美的形象闪光；
如今这形象已黯然失色，
我周围笼罩着夜色茫茫。

孩子们每当身处暗夜，
心里总感到特别紧张，
为了驱走心中的恐惧，
便会放开喉咙把歌唱。

我是个傻孩子，如今
也在黑暗中大声唱歌；
这歌声纵然并不悦耳，
却能帮我把恐惧摆脱。

罗蕾莱①

不知道什么缘故,
我总是这么悲伤;
一个古老的故事,
它叫我没法遗忘。

空气清冷,暮色苍茫,
莱茵河静静流淌;
映着傍晚的余晖,
岩头在熠熠闪亮。

一位少女坐在岩顶,
美貌绝伦,魅力无双,
她梳着金色秀发,
金首饰闪闪发光。

---

① 此诗系根据德国民间传说写成。在莱茵河中,今尚有一块礁石名叫罗蕾莱(Lolerei)。

她用金梳子梳头,
还一边把歌儿唱;
曲调是这样优美,
有摄人心魄的力量。

那小船里的船夫
心中蓦然痛楚难当;
他不看河中礁石,
只顾把岩头仰望。

我相信船夫和小船
终将被波浪吞噬;
是罗蕾莱用她的歌声
干下了这种事。

我的心,我的心儿忧伤……

我的心,我的心儿忧伤,
五月却明媚、欢畅,
我倚着一棵菩提树,
伫立在高高古堡上。

那条蓝色的护城河,
在脚下静静地流淌;
一个男孩吹着口哨,
泛舟垂钓在河面上。

河对岸呈现出一个
多彩多姿的小天地:
别墅、花园、民众,
牛群、树林、草地。

姑娘们衣裙泛白光,
在草地上奔跑嬉戏;

磨坊水车漱珠吐玉，
远远地在那儿絮语。

古老、灰色的塔楼，
旁边立着小小岗亭；
但见一名红衣兵士，
在岗亭前来回巡行。

他把弄着手中长枪，
枪管在日光中闪烁；
他举一举又扛一扛——
真愿他一枪结果我。

风雨飘摇的夜晚……

风雨飘摇的夜晚，
天空全不见星星；
在枝叶喧响的林中，
我默然地踽踽独行。

孤寂的猎人小屋
远远地闪着亮光；
我真不该受它引诱，
那里看来很不像样。

但见皮靠椅上面，
坐个瞎眼老妈妈，
石像一般神色呆滞，
始终不曾讲一句话。

守林人的赤发崽
边诅咒边胡乱跑，

把猎枪往墙边一扔，
恶狠狠地发出冷笑。

美丽的织女哭啦，
泪水打湿了亚麻；
父亲的猎狗呜咽着
紧紧靠在姑娘脚下。

旅途中，我曾与他们……

旅途中，我曾与他们，
与我爱人全家不期而遇；
她的爸爸妈妈和妹妹，
认出了我全都很欢喜。

他们问我过得好不好，
不等回答便自说自话：
说我一丁点儿没变样，
只是脸色更加苍白啦。

我问婶母堂妹的情况，
还问某些光棍儿朋友，
也打听那条小狗崽儿，
问它吠声可仍旧温柔。

对我已经出嫁的爱人，
我也顺便地问了一问；

他们亲切地给我回答,
说她刚分娩当上母亲。

我亲切地表示了祝贺,
声音轻柔而又甜蜜,
并请他们多多地转达
我对她最衷心的致意。

小妹妹高声抢过话头,
说那条温驯的小狗
在长大以后就发了疯,
被淹死在莱茵河里头。

小妹妹挺像我的爱人,
特别是在她笑的时候;
那双一模一样的眼睛,
它们真没少给我苦受。

我们坐在渔舍旁

我们坐在渔舍旁,
遥望大海;
暮霭徐徐升起,
爬上高岩。

灯塔里的灯光
一盏盏点燃,
在遥远的海面上,
仍见一点船影漂来。

我们谈着风暴与沉船,
谈着海员的生活,
谈着他在水天之间
浮荡着的恐怖与欢乐。

我们谈着遥远的国度,
谈着那些罕见的民族,

我们谈着南方和北方,
以及那里的奇风异俗。

恒河两岸芬芳光明,
花树繁茂,
美丽安详的人们[①],
跪在莲花前祷告。

拉普兰[②]人身体肮脏,
头扁、嘴阔、个儿小,
蹲在火边烤鱼吃,
讲起话来呱呱叫。

姑娘们听得出了神,
谁都一声不吭;
船影早被黑暗吞没,
夜已经很深,很深。

---

① 指居住在恒河岸边的印度人。
② 拉普兰在北极。

月亮升上了夜空……

月亮升上了夜空,
辉耀着万顷波浪;
我搂紧我的爱人,
我俩都心潮激荡。

在小可人儿怀里,
我独自临海憩息——
风声中你聆听着什么?
白皙的小手为何战栗?

"那不是风声啊,
是海中的少女在歌唱,
我的这些姐妹啊,
被大海吞进了肚肠。"

大风穿上了裤子……

大风穿上了裤子,
水淋淋的白裤子!
它拼命抽打海浪,
海浪咆哮、激荡。

从黑沉沉的夜空,
暴雨猛力往下冲;
好似黑夜老头子,
想把海老太淹死。

海鸥紧贴着桅杆,
发出凄厉的哀鸣;
它不住拍打翅膀,
预告不幸快降临。

狂风吹奏着舞曲……

狂风吹奏着舞曲,
呼啸、嘶吼、咆哮;
小船颠簸得多凶啊!
黑夜乐得发疯了。

汹涌澎湃的大海
恰似动荡的群山;
这儿张开黑色峡口,
那儿耸起皑皑雪山。

舱里的人们都在
诅咒、呕吐、祈祷;
我紧紧抱着桅杆,
后悔没在家待着。

每当在清晨,亲爱的……

每当在清晨,亲爱的,
我打你家门外经过,
一看见你在窗前,
我立刻便感到快乐。

你常常将我打量,
用深褐色的眼睛:
"你是谁,你怎么啦,
你这病弱的异乡人?"

"我是个德国诗人,
在德国境内闻名;
说出它最好的姓氏,
便说出了我的姓名。

"我是痛苦,亲爱的,
德国许多人同样痛苦;
说出最可怕的苦难,
就说出了我的痛苦。"

请接受我的敬意……

请接受我的敬意,
伟大而神秘的城!
你曾在自己怀里,
拥抱我的小爱人。

告诉我,钟楼和城门,
我爱人现在何处?
你们该负责任啊,
我曾经将她托付。

钟楼可以不追究,
它们一动不能动,
眼看她匆匆离去,
带着行李和箱笼。

城门则不然,它们
放走她不吱一声:

不管女傻子想啥，
男傻子①总一条心。

---

① 海涅原文中的 Ein Tor 这个词一语双关，因为城门（das Tor）和傻瓜（der Tor）使用不定冠词 ein 时，读音完全一样。

而今我又得旧地重游……

而今我又得旧地重游,
走进这熟悉的街巷;
我走过爱人的住宅前,
它人去楼空好凄凉。

街道看上去真狭窄啊!
石砌路面惨不忍睹!
房屋活像要砸我脑袋!
我逃走时慌不择路!

既然知道我还活着……

既然知道我还活着,
你仍旧能睡安稳觉?
新恨重新勾起旧怨,
我随即把枷锁砸掉。

可知那古老的歌谣:
从前有个青年男子,
他死了,却在午夜
把爱人捉进坟墓里?

相信我吧,美人儿,
温柔而可爱的姑娘,
比起所有的死鬼来,
我活着,且更坚强!

站在昏沉沉的梦中……

站在昏沉沉的梦中，
我凝视着她的画像，
它神秘地活动起来，
她那张可爱的脸庞。

她的嘴唇轻轻抽搐，
浮现出迷人的微笑，
她的睫毛颤动，像有
伤感的泪水在闪耀。

不知不觉，我的泪水
也顺着脸颊往下滴——
唉，我不能够相信啊，
我真的已经失去你！

我这不幸的阿特拉斯[①]啊！……

我这不幸的阿特拉斯啊！
我得肩负世界，整个世界的
痛苦，它叫我忍无可忍，
我的心快碎了，在我躯体里。

高傲的心啊！你原希望如此！
你想幸福，无限地幸福，
或无限地痛苦，高傲的心啊，
这下你不就得到了痛苦？

[①] 在希腊神话里，阿特拉斯（Atlas）是泰坦神族的一位大力士。在挑战天神宙斯失败后，宙斯罚他在天地相合处以肩支撑天穹。美术家则把他塑造成一个肩上扛着地球的壮汉。

一弯儿苍白的秋月……

一弯儿苍白的秋月
从云隙间向外窥视；
在冷清清的墓地上，
静立着牧师的宅子。

母亲正在阅读《圣经》，
儿子却凝视着灯光，
大女儿困得伸懒腰，
小女儿于是开了腔：

"上帝啊，在这儿
过日子真正叫无聊！
只有给谁下葬那会儿，
咱们才有得热闹瞧。"

母亲边念《圣经》边讲：
"你错啦，充其量

死了四个,从你父亲
在墓地门边被埋葬。"

大女儿打了个哈欠:
"我不愿跟你们饿死,
明儿我就去找伯爵,
他爱我且有的是金子。"

儿子不禁纵声大笑:
"仨猎人在金星酒窖
畅饮开怀,他们乐意
教给我发财的诀窍。"

母亲把《圣经》朝他扔去,
正好击中他的瘦脸子:
"你这该诅咒的,竟然
想当拦路打劫的贼子!"

这时传来敲窗的声响,
还看见一只手在摆动;
窗外站着已故的父亲,
身子裹在黑色法衣中。

"对你的一片痴情……"

"对你的一片痴情
难道她从无反应?
你难道在她眼里,
从未见到过爱意?

"你竟不能从眼睛
深深钻进她的心灵?
朋友,对这类事体,
你平素可并非傻子。"

他俩倾心相爱

他俩倾心相爱,
可不肯相互承认,
一见面就像仇敌,
还说爱情真烦死人。

他俩终于天各一方,
只偶尔相逢在梦境;
他们早已进入坟墓,
却永远不知道真情。

我梦见我的爱人……

我梦见我的爱人，
神情畏葸又可怜，
身段已憔悴干瘪，
当初却鲜艳丰满。

她抱着一个孩子，
手上还牵了一个，
步态、目光和穿戴，
都把穷困明摆着。

步履蹒跚地走来，
她在市集遇见我，
并瞅着我；我对她
沉静又痛心地说：

"跟我一起回家吧，
你苍白而带病容；

我愿供给你吃喝,
凭自己辛勤劳动。

"你带的两个孩子,
我同样乐意照看;
可首先是照料你,
不幸的小可怜儿。

"我绝不愿对你讲,
我曾经多么爱你,
等你死了,我才会
到你坟上去哭泣。"

"亲爱的朋友啊!你干吗……"

"亲爱的朋友啊!你干吗
老是把旧调重弹?
难道你愿意没完没了
孵化这爱情之蛋?

"唉!永远是老一套:
从蛋壳爬出一群雏鸡,
吱吱叫着扑打翅膀,
你又把它们赶进诗集。"

是时候了,我要理智地……

是时候了,我要理智地
摆脱掉所有的痴愚;
我当了长时间喜剧演员,
陪着你演这出喜剧。

华丽的背景,它们全都
按浪漫的格调画成;
我的骑士服装金光闪闪,
我曾怀着无限柔情。

而今我已经是一无牵挂,
摆脱了愚蠢的儿戏,
只是时常还感觉得窝囊,
活像仍在演出喜剧。

主啊!我玩笑中无意地
说出了自己的感受;
我扮演了垂死的决斗者,
死神正是心中对手。

心,我的心,你不要忧郁

心,我的心,你不要忧郁,
快接受命运的安排,
寒冬从你那儿夺走的一切,
新春将重新给你带来。

为你留下的如此之多,
世界仍然这般美丽!
一切一切,只要你喜欢,
我的心,你都可以去爱!

你好像一朵鲜花

你好像一朵鲜花,
温柔、美丽、纯洁,
每当望着你,我心中
便不由得感到凄切。

我真渴望用我的手
抚着你的头,
我祈求上帝保佑你
永远纯洁、美丽、温柔。

嘴儿红红的姑娘

嘴儿红红的姑娘,
眼儿甜蜜、明亮,
我可爱的人儿啊,
我永远将你怀想。

在这漫漫的冬夜,
我真愿来到你身旁,
坐在你的小房里,
对你把知心话细讲。

我要把你洁白的小手,
按在我的唇上,
我要让我的泪水,
滴在你洁白的小手上。

有人祷告圣母马利亚

有人祷告圣母马利亚,
有人祷告圣彼得和圣保罗;
可是我只向你祷告,姑娘,
你是我美丽的太阳!

给我亲吻,给我欢乐,
对我仁慈,对我温和,
你是姑娘当中最美丽的太阳,
你是太阳底下最美丽的姑娘!

我想留在你这儿……

我想留在你这儿,
在你的身边憩息;
你却急忙要离开,
说有事要去处理。

我对你说,我的心
已经完全属于你;
你听了哈哈大笑,
还行了个屈膝礼。

我深受爱恋之苦,
你让我苦不堪言,
到最后告别之时,
连吻吻我也不愿。

别以为我会自戕,
哪怕事情再糟糕!
这一切,宝贝儿啊,
我已经历过一遭。

今晚她们有聚会……

今晚她们有聚会，
整幢楼灯火辉煌。
楼上明亮的窗前，
有个倩影在徜徉。

我独自站在楼下，
黑暗中你瞧不见；
当然你更不可能
把我幽暗的心窥探。

我幽暗的心爱着你，
爱得快碎成两半，
它抽搐、流血、破碎，
你呢，却视而不见。

第一次谈恋爱的人……

第一次谈恋爱的人,
即使失败也好比神仙;
可谁第二次还失败,
那他就准是一个笨蛋。

我就是这么个笨蛋,
而今又害上了单相思!
日月星辰全都在笑,
我跟着笑——笑得要死。

他们赠我金玉良言……

他们赠我金玉良言,
吹我捧我不遗余力,
说只要我耐心等待,
就给我庇护、奖掖。

可是等过来又等过去,
我差点儿没给饿死,
多亏得有位好心人,
给了我关照、提携。

好心人啊,他给我饭吃,
我永世不会把他忘记!
只可惜我不能吻吻他,
因为此人就是我自己。

一等你做了我的妻子……

一等你做了我的妻子,
人人都会把你羡慕,
你将生活得无忧无虑,
享受不尽欢乐、幸福、

你尽管骂我,尽管撒泼,
我都一概不以为过;
只有一件事使我抛弃你,
就是你不称赞我的诗歌。

1824

弗丽德莉克[①]

1

离开柏林,离开沙多茶淡之城,
这儿的男女市民都过分机智,
他们早已用黑格尔的智解力,
看透了上帝、世界和他们自身。

跟我去印度,去这太阳的国度,
在那儿龙涎香芳馨四散飘溢,
一队队朝圣者向着恒河走去,
肃穆虔诚,身着白色的礼服。

那儿有棕榈树摇曳,水波粼粼,

[①] 弗丽德莉克·罗伯特是作家兼戏剧家路德维希·罗伯特的妻子,当时柏林一位著名的美女。

在圣河岸边,莲花玉立亭亭,
仰望着永远蔚蓝的因陀罗①城;

我在那儿虔诚地跪在你脚下,
捧着你的脚,说出心里的话:
夫人啊,你真乃绝世的姣娃!

2

恒河喧腾,羚羊将头探出叶簇,
瞬动着一双双机灵的小眼睛,
大胆地跳过来;奋张着彩屏,
高傲的孔雀慢慢地踅来踅去。

从阳光普照的原野的深心里,
蓬勃滋长出许多的奇花异卉,
郭歌儿②婉转啼叫,如痴如醉——
是的,你真美啊,绝色的美女!

---

① 因陀罗,印度教神明,为喜见城(Sudarsana)的主宰,逍遥于乐师和天女之间,即佛教的帝释天。
② 郭歌儿在印度诗歌中的角色近似西方的夜莺。

迦摩神①显现在你的一笑一颦,
他在你胸脯的白帐篷里藏身,
从你体内送出来迷人的歌声;

我看见婆散陀②附在你的嘴唇,
我发现你眼里世界已然更新,
而我的世界却窄得难以存身。

3

恒河在喧腾,掀起滔天波涛,
夕照影里闪耀着喜马拉雅山,
从稠密幽暗的榕树林子里面
冲出来一个象群,大声咆哮——

美景啊,美景!用马换也行!③
只好拿它与美貌无双的你比,
你原本纯洁善良,无与伦比,
是你使我心中充满欢悦之情。

---

① 迦摩神,印度教的爱神。
② 婆散陀,印度教的春天之神。
③ 在莎士比亚《理查三世》第五幕第四场中主人公有一句台词为:"好马!好马!我愿拿王国换它!"海涅在此加以套用、发挥。

你见我徒然地在将美景搜寻,
见我吃力地跟情感、音韵抗争——
啊!你甚至嘲笑我搜索枯肠!

尽管笑吧!只要你展露笑颜,
犍陀婆[①]就会拨动金琴的琴弦,
在空中金色的太阳宫把歌唱。

---

① 犍陀婆,因陀罗城的乐师。

一个古德意志青年的怨歌

等他们完全灌醉了我,
撕碎了我的裤子衣裳,
随后就把我这可怜虫
一扔扔到门外的街上。

第二天清晨苏醒过来,
真奇怪怎么会这样子!
我这可怜的小青年啊,
困坐在卡塞尔①的卫兵室。——

富有德行的人有福了;
活该,谁叫你丧失德行!
是那帮心肠歹毒的伙伴,
毁了我这可怜的年轻人。

---

① 卡塞尔是靠近瑞士边界的德国城市。

他们骗走了我的钱财,
通过玩纸牌、掷骰子;
只有姑娘们给我慰藉,
用她们那温柔的笑意。

每当我向你们诉苦、抱怨……

每当我向你们诉苦、抱怨,
你们总一声不吭,直打呵欠;
我把痛苦变成精致的诗句,
于是你们又拼命吹捧一气。

朋友,别嘲笑魔鬼

朋友,别嘲笑魔鬼,
生命的旅程实在短暂,
还有那万劫不复之苦,
也并非愚民的妄念。

朋友,快偿清债务,
生命的旅程实在漫长,
将来你难免还要借债,
就像过去经常那样。

三圣王从东方走来……[1]

三圣王从东方走来,
每到一处都要询问:
"去伯利恒[2]该怎么走,
你们可爱的年轻人?"

老老少少全不知晓,
三圣王只得往前行;
他们的向导是一颗
明亮而美丽的金星。

金星停在约瑟[3]的屋顶,
他们便走进他房里去;
牛犊哞叫,婴孩哭啼,
三圣王齐声唱赞美曲。

---

[1] 此诗叙述了耶稣诞生的传说。
[2] 伯利恒位于巴勒斯坦,在耶路撒冷以南约八千米。
[3] 约瑟相传是一位木匠,圣母马利亚名义上的丈夫,耶稣名义上的父亲。

姑娘,当初我们都是小孩……

姑娘,当初我们都是小孩,
一对孩童,两小无猜;
我们钻进小小的鸡舍,
在稻草底下藏起身来。

每当有人从前面经过,
我们便学公鸡啼叫——
咯咯,咯——!他们
都相信真是公鸡叫。

院子里有一些木箱,
我们便裱糊装饰起来,
然后一块儿住在里面,
活像是豪华的邸宅。

邻居有一只老母猫,
它三天两头来家玩儿;

我鞠躬你行屈膝礼，
对它真叫礼数周全。

我们询问它的起居，
语调体贴而又和气；
从此对别的老母猫，
我们同样寒暄如仪。

我们也经常坐下来，
像老人似的聊聊天，
抱怨世道整个变坏啦，
真大不如咱们从前。

说爱情、忠诚和信仰
统统已从世间消失，
而且咖啡又这么贵，
口袋里又少有票子！——

儿时的游戏已成过去，
一切全都无踪无影——
金钱、世界还有时代，
信仰、爱情还有忠诚。

世界和人生太残缺不全

世界和人生太残缺不全,
我要请教德国的教授去!
他有的是拼凑人生的本领,
能搞出个明白易懂的体系。
他还会修补宇宙结构的窟窿,
用他的睡帽和破睡衣。

离开你们在美好的七月……

离开你们在美好的七月，
到一月重又见到你们；
当初你们身处炎热之中，
而今你们已变凉变冷。

不久我再一次去而复来，
这时你们已不冷不热，
每当我走过你们的坟头，
衰老的心便感到凄切。

坐在黑暗的驿车里……

坐在黑暗的驿车里,
我俩赶了一个通宵;
心儿紧紧贴着心儿,
我俩又嬉戏又说笑。

可是等到天明,姑娘,
我俩真叫大吃一惊!
你我之间坐着阿摩——
他这个搭黄鱼的人。①

---

① 阿摩为罗马神话中的爱神。"搭黄鱼"意即无票乘车。

这野女子何处栖身……

这野女子何处栖身,
只有上帝他知道;
顶风冒雨跑遍全城,
我边诅咒边寻找。

从这一家客栈跑到
那一家客栈,我
向每个招待都打听,
最后却毫无结果。

突然我见她在窗口,
边招手边吃吃笑。
原来你住大饭店啊,
姑娘,我没想到!

骠骑兵身穿蓝色制服……

骠骑兵身穿蓝色制服，
吹着军号奔向城外！
这时我带着一束玫瑰，
爱人哦，朝你走来。

瞧他们那野蛮劲儿呐！
一帮丘八，扰乱安宁！
甚至就在你的心窝里，
他们也已扎寨安营。

我在年轻的时候

我在年轻的时候,
也有过热烈的爱,
受过爱火的痛灼。
只因为木柴太贵,
爱火终于熄灭,
说实在的,这倒不错!

想想吧,美人儿,
快擦干愚蠢的泪,
快忘掉痛苦的爱。
只要你还活着,
就投入我的怀抱,
说实在的,这也不错!

在萨拉曼加^①的城垣上……

在萨拉曼加的城垣上,
习习和风,温暖宜人,
带着自己可爱的姑娘,
我漫步在夏日的黄昏。

我把我的手臂弯起来,
搂住美人纤柔的腰肢,
我感到她酥胸的激荡,
通过我这幸福的手指。

谁料穿过菩提的叶簇,
传来忧心忡忡的低语,
还有磨坊幽暗的溪流
也喃喃着可怕的梦呓。

---

① 萨拉曼加原为西班牙的一座城市,这儿实指海涅曾在那儿念大学的哥廷根。

"唉，小姐，我预感到：
有朝一日我将被开除，
在萨拉曼加的城垣上，
我们再没法儿来散步。"

死是清凉的黑夜

死是清凉的黑夜,
生是闷热的白天。
暮色矇眬,昏昏欲眠,
白天已令我厌倦。

我床头长出一棵树,
夜莺儿在枝间鸣啭,
它一个劲儿歌唱爱,
我在梦中仍能听见。

给一个变节者①

哦，神圣的青春的激情！
嗨，转眼间你就已驯顺！
你的热血已经冷却下来，
跟亲爱的主你没了纷争。

你匍匐在了十字架跟前，
它就是那同一个十字架，
仅仅还在几个星期之前，
你仍想将它狠狠地践踏！

噢，怪只怪你读多了什么
施莱格尔、哈勒尔、布克——②
因此昨天还是位英雄，
今儿个已变成了孬种。

---

① 疑指海涅的朋友爱德华·冈斯（Eduard Gans, 1798—1839）。他是黑格尔的弟子，原为一位自由主义的法哲学家，却于1824年受洗皈依基督，以便能当柏林大学的教授。
② 德国浪漫派理论家F. v. 施莱格尔（F. v. Schlegel, 1772—1829）和瑞士历史学家K. L. v. 哈勒尔（K. L. v. Haller, 1768—1854）也先后于1808年和1821年皈依了天主教。英国政治学家E. 布克（Edmund Burke, 1729—1797）则在1790年舞文弄墨，大肆攻击法国大革命。海涅故在批判冈斯的同时，捎带剌了剌他们。

我俩刚刚见面……

我俩刚刚见面,目光和声音
就告诉我你已对我倾心;
要不是你那鬼妈妈站在一旁,
我相信咱们立刻会亲吻。

第二天早上我离开这座小城,
又匆匆踏上旧日的征程;
我的金发姑娘立在窗边窥视,
我向她抛去热烈的飞吻。

哈雷[1]的广场上立着……

哈雷的广场上立着
两头巨大的石狮像。
唉,你哈雷的兽王啊,
怎么竟变得如此驯良!

哈雷的广场上立着
一位高大的巨人像。[2]
他手持宝剑一动不动,
像受了惊吓,呆头傻样。

哈雷的广场上立着
一座雄伟的大教堂。
那是学友会[3]和同乡会
聚在一处祈祷的地方。

---

[1] 哈雷是德国图林根地区的一座城市。海涅在游哈尔茨山后曾途经此地。
[2] 指在德国不少城市都有的骑士罗兰的雕像。
[3] 学友会(die Burschenschaft)是创建于1815年的德国大学生社团,早期的宗旨乃争取自由民主和国家统一,有一定的进步性。1824年5月17日,哈雷大学约150名学友会成员在市里的广场上集会并呼喊革命口号,遭到驱赶和迫害;其他社团如同乡会也受了牵连。海涅的这首诗便影射此事。

朦朦胧胧的夏夜……

朦朦胧胧的夏夜
笼罩着树林、绿野;
青色夜空泻下来
银灿灿的芬芳月色。

蟋蟀在溪畔鸣叫,
水中漾起阵阵涟漪,
旅人听见凫水声,
伴着寂静里的呼吸。

瞧,在那小溪旁,
美丽的水仙[①]独自沐浴;
颈项臂膀白又嫩,
在月光中闪闪熠熠。

---

① "水仙"(die Elfe)原指民间传说中善良的小精灵,喜成群地在山林和水泽中活动。

浮现吧,你们旧梦……

浮现吧,你们旧梦!
敞开吧,我的心扉!
歌吟的喜悦奇妙迸涌,
连同着忧伤的泪水。

我要徜徉在枞林间,
那儿有欢跳的喷泉,
高傲的麋鹿往来游荡,
小小画眉歌喉婉转。

我要登上座座高山,
我要攀上道道峭岩,
看古宫墙的灰色废墟,
依然兀立晨曦里面。

在那里静静坐下来,
我追怀往昔的时光,

追怀当年的名门望族,
以及逝去了的辉煌。

而今竞技场长了草,
高傲的骑士曾在此
战胜一个又一个好汉,
赢得了比赛的奖励。

阳台上爬满常春藤,
上面曾站着位美人,
她征服了高傲的骑士,
用她那双迷人的眼睛。

唉,得胜的骑士和美人
全败在了死神手里——
这瘦削的镰刀骑士[①]啊
终将送大家到地里!

---

① 德国古代绘画中的死神多为一具骑在马上、手握长柄刈草镰刀的骷髅。

1825

加　冕[①]

歌啊，我美好的歌！
唱起来吧，唱起来吧！
让喇叭也一齐吹响，
去迎接一位姑娘，
一位将统治我整个心灵的
姑娘，拥戴她登上宝座，
成为我的女王。

万岁，我年轻的女王！

我要从高空的太阳
扯下金红的丝带，
织成灿烂的王冕，
戴在你圣洁的头上。

[①] 此诗系海涅为恋人特莱萨而作。原诗无韵。

我要从飘荡的天幕，
从珠玉璀璨的夜空，
割下一块蓝色锦缎，
缝成登极的霞帔，
披在你至尊的肩上。
我要让仪态端庄的索籁特、
趾高气扬的特齐纳和温文尔雅的
斯当采，做你的廷臣；①
让我的机智做你的侍从，
让我的幻想做你的小丑，
让我的幽默做你的传令官，
带着以我含笑的泪绘成的纹章。
而我自己，女王啊，
将来到你座前，
跪在红色的绒垫上，
把我仅有的一点点理智，
你的先王怜悯我而给我留下的
一点点理智，诚惶诚恐地
向你奉献。

---

① 索籁特（Sonette），意大利语，指十四行诗。特齐纳（Terzine）和斯当采（Stanze）同样为意大利诗体，前者每节3行，后者每节8行。

落 日

火红的日轮
徐徐下沉,没入喘息不定的
银灰色的大海;
玫瑰色的晚霞随之消散了;
但从对面,从飘逸的云帷中,
月亮却探出脸来,那么
悲哀,那么苍白;
跟在她背后的点点疏星,
远远地躲在雾幕里,
眨着眼。

从前,在天上,
月神卢娜和日神索尔①
结成了辉煌的伉俪,
他们身边簇拥着无数星斗,

---

① 索尔(Sol),罗马神话中的太阳神。

簇拥着天真可爱的小儿女。

然而一条条可恶的舌头
叽叽喳喳地播下不和,
离间了这对高贵的、光辉的夫妻。
如今,在白天,
太阳便孤独而辉煌地巡游太空,
以自身的光明灿烂,
博取自豪自足的人们的
祝祷和赞颂。
然而到了夜里,
可怜的母亲卢娜便领着
失去了父亲的星儿,徘徊云端,
发着寂寞的幽辉,
令感伤的诗人和痴情的少女
向她献上诗与泪。

软弱的卢娜,十足的女性,
至今还钟爱着她英俊的丈夫!
每当黄昏,她都战战兢兢,
脸色苍白地在云帷后倾听,
满怀痛楚地目送离去的爱人,
恨不得呼唤他:"回来吧,

回来吧!孩子们想你啦!——"

然而执拗的太阳神,
一见妻子就火冒三丈,
又恼怒又痛苦,
脸膛红得发紫,心一横便沉入
海底,钻进自己老鳏夫的寝床,
虽然又湿又冷。

可恶的叽叽喳喳的舌头
甚至给永生的神们
带来了痛苦和不幸。
可怜的日神和月神,
在天空拖着发光的枷锁,
无所慰藉,痛不欲生,
但不会死亡,只好永远走着
无休无止的苦难旅程。

而我,一个凡人
生在尘世,得享死的幸福,
用不着没完没了地怨恨。

黄　昏

苍白的海滩上，
我孤独地坐着，心事满腹。
夕阳渐渐沉落，给水面
投下一条条金红；
受到潮汐的逼迫，
远方白浪翻腾喧嚣，
向着海滩奔涌，奔涌——
一阵阵怪响，耳语和嘶鸣，
笑声和嗫嚅，呻吟和呼啸，
其间混着催眠曲般的低吟——
我仿佛回到了儿时，
在同样的夏日黄昏，
和邻家的孩子一起
蹲在门前的台阶上，
听他们悄声地讲述
那早已消失的传说，
古老、动人的童话故事，

幼小的心儿怀着期待,
眼睛里面充满好奇。
这时候,大姑娘们
坐在对面的窗前,
傍着飘香的盆栽,
玫瑰红的脸庞儿
映着月光,泛起笑意。

表　白

暮色苍茫，黄昏来临，
潮水更加疯狂地咆哮，
我坐在海边，看浪花
跳它们白色的舞蹈；
我心胸激荡如同大海，
油然生起巨大的乡愁，
还有你那温柔的倩影，
它无处不将我呼唤，
它无处不将我萦绕，
化作风声，化作海啸，
化作我胸中的叹息，
我无处可逃，无处可逃。

我用轻软的芦苇写在沙里：
"阿格妮丝，我爱你！"
然而恶浪猛冲过来，
冲掉我这甜蜜的表白，

叫它杳无踪迹，杳无踪迹。

脆弱的芦苇，散乱的沙粒，
流徙的波浪，我不再信赖你们！
天更暗了，我的心更狂热；
我用强壮的手从挪威森林
拔出最高大的枞树，
把它插进埃特纳火山口，
然后挥起饱蘸熔岩的巨笔，
在黑色的天幕上写下：
"阿格妮丝，我爱你！"

从此，高高的天穹顶上，
夜夜都燃烧着这行火字，
好让我的子子孙孙
像读天启似的发出欢呼：
"阿格妮丝，我爱你！"

舟中夜曲

大海里藏着珍珠,
蓝天上藏着星星,
我的心啊,我的心,
我的心中藏着爱情。

大海辽阔,蓝天无际,
我的心更加辽阔无际,
我的爱情莹洁、明亮,
比珍珠和星星更美丽。

你年轻妩媚的姑娘啊,
请投入我广阔的心房;
我的心和大海、蓝天,
同样愿为爱情死亡。

*

我真想把自己的嘴唇
紧贴在蔚蓝的天幕上,
狂热地吻,痛苦地哭,
那儿有美丽的星儿闪亮。

星儿就是我爱人的青眼,
明亮晶莹,变化万千,
像给我送来亲切的问候,
从遥远的蓝色的云端。

我向着蓝色的天穹,
向着我爱人的青眼,
虔诚地高举起双臂,
发出恳求和哀叹:

温柔的眼睛,慈蔼的星星,
啊,请赐福给我的心灵,
让我占有你们和你们的天穹,
并为此付出自己的生命!

*

从蓝天的眼睛里
战栗着落下金色的火花,
划过夜空,落在我心上,
心便随着爱情舒张,长大。

你们天上的星眼啊!
请对着我的心哭泣,
让晶莹的泪水落下来,
使我心潮激荡,热情洋溢。

*

海浪将我轻轻颠簸,
梦想使我心神摇荡,
我静静地躺在舱里,
躺在暗角里的床上。

我透过洞开的舷窗,
仰望着天边的星星,
那么可爱,那么妩媚,
是我爱人妩媚的眼睛。

可爱而妩媚的眼睛
守护在我的头顶,
瞬动着向我致意,
从蔚蓝色的穹顶。

对着蔚蓝色的天穹,
我幸福地久久仰望,
直到灰白色的雾帷,
把美丽的明眸掩藏。

*

我的梦想的头颅
倚靠着舱房的板壁,
狂浪撞击着壁板,
在我耳旁絮语:
"朋友,别发傻气!
你的胳臂太短,天穹太远,
天上的星星都牢牢钉着哩,
钉子全是黄金打的——
向往没有用,叹息没有用,
我看最好啊还是快睡觉去。"

*

我梦见一片辽阔荒原,
静静地盖着白色雪被,
白色雪被下埋葬着我,
寂寞,寒冷,了无生气。

可是在荒原上的夜空中,
有一双星眼俯瞰我的坟茔;
妩媚的眼睛啊!它们意气洋洋,
怡然自得,然而也充满爱怜。

海的寂静

风平浪静！太阳
把金辉洒布在海上，
小船儿给明亮的波涛
犁出道道绿色沟壕。

舵旁俯卧着水手长，
他轻轻地打着呼噜。
船桅下蹲着小帮工，
满身沥青，正把帆补。

小家伙肮脏的脸孔
透着红光，一张阔嘴
痛苦地抽搐，眼睛
大而漂亮，目光忧郁。

因为船长站在他面前，
对他又吼叫又咒骂：

"混蛋！你偷了我的
鲱鱼，从木桶里面！"

风平浪静！波浪中
钻出一条机灵的小鱼，
在阳光中温暖小脑袋，
小尾巴快活地将水击。

谁料海鸥从天而降，
箭一般地射向小鱼，
利喙一下子叼起猎物，
腾空飞回到蓝天里。

海中幻影

话说我躺在船舷旁,
睡眼惺忪往下张望,
望着明镜般的海水,
越望越深,越望越深——
一直望到了海底,
开始只见雾气茫茫,
随后却渐渐变清晰,
呈现出教堂的拱顶、塔楼,
终于变成座城市,确凿无疑。
古老的尼德兰风格,
街市上熙来攘往,
老成持重的男人身穿黑袍,
戴着雪白的领圈和绶带,
佩剑长长,脸孔长长,
大步跨过拥挤的市集广场,
走向高台阶的市政厅,
有皇上的石像守卫在门旁,

手执着宝剑和权杖。
不远处房舍一排一排，
窗户跟镜子般光亮，
菩提树修剪成了圆锥形，
漫步的少女们绸裙沙沙响，
修长的身躯，如花的小脸，
头戴黑色软帽，模样儿端庄，
只露一缕金发在前额上。
衣着鲜艳的年轻人，西班牙装束，
头一点一点地走过，趾高气扬。
上了年纪的妇女，
穿的是过时的褐色袍子，
手里握着祈祷书和念珠，
在阵阵钟声的催促下，
让嗡嗡的管风琴驱赶着，
急急迈着碎步
奔向大教堂。

远方传来神秘的声音，
我不由一阵寒栗！
无尽的渴慕，深深的哀愁，
悄悄向我的心袭来，
它可是刚刚才痊愈啊！——

那可爱的嘴唇留下的创伤,
我似乎感觉它们
又开始在流血——
滚热的、鲜红的血液
一滴滴慢慢滴落,滴落,
滴进深深的海市,
滴到那下边的一幢老屋上;
老屋有着旧式的高耸山墙,
然而无人居住,冷清空寂,
仅只在底层的窗口,
坐着一位少女,
用胳臂撑着头,
像个被遗弃的小可怜——
被遗弃的小可怜,我可认识你!

为了逃避我,
你耍孩子脾气,
深深地藏到了海底,
从此再也上不来,
陌生地待在陌生人中,
快有一个世纪,
这时我满怀气恼伤痛,
在全世界将你寻觅,

无休无止地寻觅，
寻觅永远的爱人你，
寻觅久已失去的你，
寻觅终于找到的你——
我找到了，又见到了
你甜蜜的脸庞，
你聪明而忠诚的眸子，
你可爱的微笑——
我永永远远不愿再离开你，
我要来到你那下面，
要张开我的双臂，
把你紧紧搂在怀里——

船长一把抓住我的脚，
多亏他动手还算及时，
把我从船舷外拽回来，
带着冷笑大喝一声：
"你中邪了吗，博士？"

解　　脱

留在你深深的海底吧，
痴狂的梦，
你曾在许多个夜里
折磨我的心，用虚假的幸福，
现在更变成海中幻影，
甚至在大白天将我袭扰——
待在海底吧，永远永远，
我还要向你抛下来
我全部的罪孽和痛苦，
还有那长期戴在头上的
愚蠢丑陋的铃铛帽，
还有那久久缠绕我心灵的
冰冷光滑的
虚伪蛇皮，
还有我伤痛的心灵，
这否认上帝和天使存在的
不幸的心灵——

哈哈！哈哈！风来啦！
起帆！它们在飘动，它们在膨胀！
船儿疾驰过
死寂的海面，
得到解脱的心纵声欢唱。

和　　平

太阳高悬在天顶，
四周汹涌着白云，
大海静谧，
我躺在船舵旁，
沉思幻想——似睡非睡，
突然见到基督，
世界的救主。
他白袍飘飘荡荡，
迈着巨人般的步子，
巡行陆地和海洋；
他头耸入蓝天，
伸出双手祝福
大地和海洋；
他胸中藏着一颗心，
一个太阳，
一颗红红的、火热的太阳心；
这颗红红的、火热的太阳心

用它的恩泽，
用它柔和、慈爱的光辉，
照射陆地和海洋，
使它们温暖明亮。

庄严的钟声飘来荡去，
如一群天鹅系着玫瑰花带
将小船儿牵引，
使它漂到绿色的岸边，
在那儿塔楼高耸的城里，
聚居着世人们。

和平的奇迹哦！城市多宁静！
嘈杂扰攘的市声
全都沉寂了，
身穿白衣的市民
举着棕榈枝走过，
洁净的街道发出回音；
两人相遇便
相互行注目礼，
还友爱而谦恭地
彼此将额头亲吻，
同时仰望苍穹，

看救世主的太阳心脏
把鲜红的血液朝下灌注,
使人间欢乐和睦,
他们于是连呼三声:
赞美耶稣基督!

1826

向大海致敬

塔拉塔!塔拉塔!①
请接受我的敬礼,永恒的大海!
请接受我万千次的敬礼,
从我发出欢呼的内心;
当年一万古希腊心灵
就这样向你敬礼,
这些名扬四海的古希腊心灵
渴望还乡,抗拒着不幸。

海潮汹涌,
汹涌并发出咆哮,
太阳急忙泻下
玫瑰色的柔光,

---

① "塔拉塔"(Thalatta)在希腊语里意即"海"。据希腊历史学家塞诺芬《进军记》记载,公元前400年,古希腊大军在参与波斯内战后仅剩下万人,在从美索不达米亚平原撤退回国的途中终于看见了黑海,不禁齐声欢呼:"塔拉塔!塔拉塔!"

惊起的成群海鸥
高叫着飞向远方,
战马跺蹄,盾牌碰响,
胜利呼声四方回荡:
塔拉塔!塔拉塔!

请接受我的敬礼,永恒的大海!
你喧啸的水声在我如同乡音,
你水波荡漾,熠熠闪亮,
在我眼中似童年美梦,
于是回忆重新给我讲述
所有那些美丽可爱的玩具,
所有那些漂亮的圣诞礼物,
所有那些红彤彤的珊瑚树,
还有珍珠、彩贝以及金鱼,
它们全被你神秘地保管在
下边透明的水晶宫里。

哦,在荒凉的异乡我奄奄一息!
我胸中的心儿
就像一朵枯萎的花,
封闭在植物学家的铁盒里。
我像个病人,在黑暗的病房中

熬过了漫长的冬季,
现在突然离开病房,
面对着被太阳唤醒的
碧玉般的春天眼花缭乱,
但闻白色的花枝在风中喧响,
初绽的花蕾注视着我,
双双媚眼流彩溢芳;
花香蜂鸣,生气盈野,笑声不绝,
还有碧空中群鸟欢唱——
塔拉塔!塔拉塔!

你勇敢的退却的心!
北方的蛮女如何经常,
如何日日夜夜将你逼迫!
她们射出燃烧的箭矢,
从张大的胜利的眼里:
她们快割开我的胸膛,
用磨得弯弯的语言;
她们敲碎我可怜的、昏迷的脑袋,
用楔形文字的信函——
我徒然用盾牌抵挡,
仍闻箭矢嗖嗖,刀斧铿锵,
受到北方蛮女的追逼,

我一直退到了海上——
可爱的、救命的大海啊——
塔拉塔！塔拉塔！

问　　题

在海边，在黑夜荒凉的海边，
站着一个小青年，
心中充满忧伤，脑子充满疑惑，
唇焦口燥地向大海提出问题：

"哦，请替我解开人生之谜，
解开这折磨人的亘古之谜，
不少人已为它想破脑袋——
古埃及祭师帽下的脑袋，
土耳其缠头和黑色学士帽下的脑袋，
戴假发的脑袋和别的成千上万
可怜的、汗水淋漓的人脑袋——
告诉我，人是什么？
他从哪里来？他向何处去？
有谁住在那上边金色的星星里？"

海涛絮叨着它永远的絮叨，

风在吹,云在跑,
星星一闪一闪,神情冷漠,
却有个傻瓜在等着答案。

凤　凰

从西方飞来一只鸟,
它飞向东方,
飞向东方花园中的家,
园中长着馥郁的香料,
棕榈婆娑,泉水清凉——
神奇的鸟儿飞舞、歌唱:

"她爱他!她爱他!
心里珍藏着他的形象,
甜蜜而隐讳地珍藏着,
可自己并不知悉!
只是梦里他站在她面前,
她恳求,哭泣,吻他的手,
呼唤他的名字;
在唤声中醒来,恐惧地躺着,
她愕然揉着美丽的眼睛——
她爱他,她爱他!"

*

靠着桅杆，我站在顶层的甲板上，
听着那鸟儿的歌唱。
层层白浪跳跃追逐，
像墨绿色的骏马银鬃飘舞；
赫郭兰岛民——北海中勇敢的
游牧民族，扬着闪亮的帆，
劈波斩浪如一行天鹅；
在我头顶永恒的蓝天，
飘浮着朵朵白云，
永恒的太阳绚丽辉煌，
像空中盛开着火红的玫瑰，
兴冲冲地在海里顾盼芳容；
天空、大海和我自己的心
同声应和：
她爱他！她爱他！

尾　声

思想在人的精神里
生长，激荡，
一如田野里的小麦。
其间快活地盛开着
柔嫩的爱情之思，
像红的蓝的花朵。

红红的和蓝蓝的花朵啊！
不耐烦的割麦人扔掉你，如同废物，
木头连枷砸碎你，将你们讥讽，
甚至一无所有的浪人
也冲你们把头摇，
称你们为好看的野草，
尽管你们使他们赏心悦目。
还有那农村的少女，
那编制花环的姑娘，
她敬重你们，采摘你们，

用你们修饰她金色的卷发,
可梳妆打扮好便急忙赶往
笛声和提琴声悠扬的舞场,
或者奔向静静的山毛榉,
在那儿她爱人的歌喉
比笛声琴声更加悠扬。

1827

悲　　剧

1

跟我逃走，做我妻子，
靠在我的心口上休息；
在遥远的异乡我这颗心
就是你的祖国和栖居。

你不跟我我就死在这儿，
你因此也得忍受孤寂；
即使你留在自己的家中，
仍难受如漂泊在异地。

2

（这确实是一首我在莱茵河畔听到的民歌。）

春夜里降了一场霜，
压在柔嫩的蓝花儿上，

花儿蔫了,枯萎了。

一个青年爱一个姑娘,
他俩偷偷逃离家乡,
爸爸妈妈都蒙在鼓里。

他俩流浪来流浪去,
既没运气也没目的地,
饥寒交迫,终于死去。

3

他俩的坟头长着一棵菩提,
晚风枝间吹,群鸟树上啼,
菩提树荫下的绿色草地上,
坐着年轻磨工和他的姑娘。

风儿吹得如此凄凉、徐缓,
鸟儿唱得如此忧伤、婉转,
絮絮叨叨的情侣不再作声,
他们哭了自己却不知原因。

丁香是何等的芳馨……

丁香是何等的芳馨！
紫罗兰一般的碧空
闪烁着千万点繁星，
恰似一群金色蜜蜂！

透过栗子树的浓荫，
白色的别墅闪闪发光，
传来亲切的低语声，
伴着玻璃门的碰响。

轻微的哆嗦，甜蜜的战栗，
羞怯、温柔的拥抱，
稚嫩的玫瑰侧耳听，
夜莺儿也婉转啼叫。

从我的记忆里开放出……

从我的记忆里开放出
久已枯萎的美妙景象——
你的嗓音里含着什么，
竟深深激动我的心房？

别讲你爱我！我知道，
世界上最美好的事物，
比如春天，还有爱情，
一样都难免归于虚无。

别讲什么你多么爱我！
只管亲吻并默默无言，
付之一笑吧，如果明朝
我把枯萎的玫瑰呈献。

寒冷的心中揣着厌倦

寒冷的心中揣着厌倦，
我厌倦地走过寒冷的大地，
秋已近凋残，湿雾紧抱着
田野，田野早已经死去。

风发出啸叫，飘零的红叶
让风卷着，在天空中摇曳，
树木在啜泣，荒野在叹息，
而最糟的是，还下起了雨。

深秋的雾,寒冷的梦

深秋的雾,寒冷的梦,
披着霜的山和谷,
树被风撕去了叶,
死气沉沉,一片光秃。

唯有一棵树亭亭静立,
唯有一棵树拥着叶簇,
仿佛为感伤的泪所浇洒,
正轻轻摇着绿色的头颅。

啊,我的心就像这荒原,
你的倩影,美人儿啊,
就是我荒芜的心田里
唯一一棵碧绿碧绿的树!

1828

春夜的美丽的眼睛

春夜的美丽的眼睛
俯视着我,安慰我说:
曾经使你心灰意懒的爱情,
如今它将叫你精神振作。

听,在绿色的菩提树上,
一只夜莺唱着甜美的歌;
一当歌声飞进我的心房,
我的心又将舒畅、开阔。

我爱着一朵花

我爱着一朵花，却不知是哪朵，
叫我多么伤心。
我观察遍所有的花萼花蕊，
想寻找一颗心。

百花在晚霞中吐放芬芳，
夜莺在枝头歌唱，
我寻找一颗心，像我的一样美，
像我的一样跳荡。

夜莺在枝头歌唱，
我理解它的歌声，
它和我一样伤心、忧戚，
我和它一样忧戚、伤心。

温暖的春夜

是温暖的春夜,
催得百花开放;
我的心一不留神,
又会将谁爱上。

不知百花中是谁,
将缠住我的心?
歌唱的夜莺警告说,
对百合最得当心。

情况紧迫,警钟齐鸣

情况紧迫,警钟齐鸣,
唉!我已然头脑昏昏,
春天和一双美目
正合谋对付我的心。

春天和一双美目
使我的心陷入新的迷惘,
我相信玫瑰和夜莺
也参与了它俩的勾当。

唉，我渴望能流泪……

唉，我渴望能流泪，
爱之泪苦而甘甜；
可是我担心这渴望
最终真的会实现。

唉，爱情甜蜜的痛苦，
还有它苦中之乐，
又潜入尚未痊愈的心，
将它幸福地折磨。

每当你经过我身旁

每当你经过我身旁,
只要衣裙碰我一碰,
我的心立刻欢呼雀跃,
狂热地追随你的芳踪。

可一旦你转过脸来,
睁大眼睛瞪我一瞪,
我的心立刻惊惶失措,
收住脚步再不能前进。

梦中的窈窕莲花……

梦中的窈窕莲花
从湖上仰望夜空,
月亮向下问候它,
闪耀着爱的隐痛。

羞惭地低下头儿,
它再望一望波浪——
望见了脚下那个
苍白可怜的儿郎。

你写的那封信

你写的那封信,
它一点不使我慌张;
你说你不愿再爱我,
你的信却又这么长。

十二页,密密麻麻,
好一篇小小的文章!
一个人要真想分手,
不会这么不厌其详。

1829

天空灰暗、平庸

天空灰暗、平庸!
城市①还是老样儿!
它投在易北河中的倒影
依旧是那么寒碜、荒凉。

长鼻子,依旧无聊地
擤着鼻涕,一如既往;
人们要么伪善地点头哈腰,
要么自吹自擂,趾高气扬。

美丽的南国啊!我多么
崇敬你的天空、你的神祇,
自从我又见到这堆人垃圾,
又见到这鬼天气!

---

① 指汉堡。

白昼恋着黑夜

白昼恋着黑夜，
春天恋着冬天，
生命恋着死亡——
而你，你爱着我。

你爱我——头顶上已经
笼罩着可怖的阴影，
你的花朵将全部枯萎，
你的心房将鲜血流尽。

离开我吧，你只该去爱
那些快活、轻佻的蝴蝶，
阳光中翩跹起舞的蝴蝶——
离开我，离开我就离开了不幸。

警　告

你竟让出版这样的书，
老朋友，你要完蛋啦！
你既想得到金钱名誉，
又怎么能不低声下气。

何时我都不会劝阻你
这么去民众面前饶舌，
这么去谈论那些牧师
以及高高在上的爵爷！

老朋友，你真完蛋啦！
爵爷们有的是长胳膊，
牧师们有的是长舌头，
老百姓呢却有长耳朵！

1830

坐在白色的大树下……

坐在白色的大树下,
你听见远方风声凄厉,
看见空中无声的流云
正慢慢地裹上雾衣;

你看见田野和森林
一片光秃,一派死寂;——
你体外体内俱已入冬,
你的心也已经被冻结。

突然之间劈头盖脑
向你落下来白色飞絮,
你以为快让雪给闷死,
却哪知是树在浇洒你。

不过那并不是雪花,

你很快便惊喜地发现；
它们亲昵地将你掩盖，
那些芬芳馥郁的花瓣。

好叫人惊喜的奇迹呀！
寒冬突然变成了春季，
雪片突然变成了鲜花，
你的心，又萌生爱意。

林中草木正发芽转青……

林中草木正发芽转青,
如少女经受了爱的苦闷;
空中太阳却含笑相迎:
你好啊,年轻的春之神!

夜莺!我也听见了你,
你的鸣啭苦闷又甜蜜,
音调悠长,如怨如诉,
爱情二字是整个含义!

优美悦耳的乐音

优美悦耳的乐音,
回响在我的心房,
飘扬吧,你这春天的歌儿,
飘向那遥遥远远的地方。

飘到那所小小的屋前,
那儿盛开着无数鲜花,
你要是见着一朵玫瑰,
请对她讲,我问候她。

蝴蝶爱上了玫瑰花

蝴蝶爱上了玫瑰花,
围着它千百遍飞舞,
日光又爱上了蝴蝶,
用金手指将它轻抚。

可是玫瑰爱上了谁?
这问题我很想弄清。
是在唱歌的夜莺呢?
还是不吭声的金星?

我不知道玫瑰爱谁,
可我爱着你们大家:
金星、夜莺、日光,
还有蝴蝶和玫瑰花。

树木一齐奏乐

树木一齐奏乐,
鸟巢一齐歌唱——
在这绿色的乐队里,
是谁在挥动指挥棒?

可是那灰色的田凫,
它神气活现,不住把头点?
可是那咕咕啼叫的杜鹃,
它不紧不慢,节奏谨严?

还是那老鹳,一双瘦腿高又长,
俨然大指挥家模样,
别人尽管唱啊奏啊,
它只顾把脚踏得噼啪响?

不,森林里的乐队指挥,
他就藏在我自己的心窝,
我感觉他正打着节拍,
我知道他名字叫阿摩。

"始作俑者原本是夜莺……"

"始作俑者原本是夜莺,
它一个劲儿唱:叽咕!叽咕!
它唱得处处生机,紫罗兰
和苹果开花,草地青绿。

"夜莺啄开自己胸脯,
鲜红的血液流了出来,
血中长出美丽的蔷薇树,
夜莺对蔷薇做爱的倾诉。

"打动我们所有鸟儿的,
就是它伤口流出的鲜血;
一旦这蔷薇之歌消失,
整个的森林便会毁灭。"

在大橡树上的巢穴里,
老麻雀如此告诉小麻雀;

母麻雀蹲在老位子上，
不时地啾啾插两句嘴。

她是一位贤惠的妻子，
孵育儿女从来没有怨言；
老麻雀给孩子们讲授
宗教课，为的只是消遣。

蓝色的春天的眼睛

蓝色的春天的眼睛
从草丛中向外窥探；
我挑选它们扎个花球，
用这些可爱的紫罗兰。

我一边采花一边遐想，
无数幽思在心中低叹，
然而夜莺已暴露我的
想法，用它高声的鸣啭。

是的，它唱出了我的
思想，歌声四处回荡，
整个树林都已知悉
我珍藏心中的秘密。

你要有一双好眼睛

你要有一双好眼睛,
能看透我的歌曲,
你就看见一个美女,
在我的歌中踯躅。

你要有一双好耳朵,
能听见她的声音、
她的叹息、欢笑和歌唱,
就会扰乱你可怜的心。

她将用目光和言语,
像迷惑我一样迷惑你,
你将做着爱的春梦,
迷路在无边的密林里。

在黑暗中偷来的吻……

在黑暗中偷来的吻,
若又在黑暗中奉还,
这样的吻真销魂啊,
当心儿与心儿相恋!

这时心里便会想象,
便会生出回忆和预感,
回忆起昔日的相处,
预感到未来的甘甜。

不过接吻时想得太多,
这件事情也挺可虑,
亲爱的心啊,哭更好,
因为哭更加的容易。

从前有一位老国王……

从前有一位老国王,
他头发灰白,他心情忧郁;
这个可怜的老国王,
他娶了位年轻的妻子。

有一个英俊的侍童,
他头发金黄,他心高气傲;
他跟随年轻的王后,
为她牵丝绸的长袍。

你可知这古老歌谣?
它听起来既甜蜜,又可哀!
他俩最终都得死去,
他们彼此深深相爱。

月亮像个巨大的柠檬……

月亮像个巨大的柠檬,
静静躺在浮云上,
映照着灰色海面,
洒布下一片片的金光。

在白浪激溅的海岸,
我孤独地漫步,
听见海水不断
将甜言蜜语倾吐。

唉,夜过分漫长,
我的心不能再沉默无语——
出来吧,美丽的人鱼,
边唱边跳你迷人的轮舞!

请把我的头抱在怀里,
我将身心全部献上!
唱得抱着我死去吧,
亲吻得我气绝身亡!

在美术陈列馆里

在美术陈列馆里,
你常看见一幅名画,
一名男子持枪执盾,
俨然已整装待发。

无奈调皮的小爱神,
夺去了他的枪和剑,
用花环捆绑住他,
任他反抗又抱怨。

同样,我囿于温柔的羁绊,
在乐与苦中辗转反侧,
而别的人却不得不
投身时代的伟大战斗行列。

叹　惜

新的信仰真叫讨厌！
如果夺去了我们的上帝，
那么也就没了诅咒——
天啊－上帝－他×的！ ①

少了祈祷没有什么，
然而诅咒确实必需，
一当要向敌人进攻——
天啊－上帝－他×的！

不为了爱，而为了恨，
必须留给我们上帝，
否则我们不能诅咒——
天啊－上帝－他×的！

---

① 原文 Himmel-Herrgott-Sakrament! 三个词单独使用都具有神圣的意义，即天、上帝、圣事，但组成一个复合词却变成了粗野的骂人话，类似于我们的"天杀的""他×的"，等等。

颂　　歌

我是剑，我是火焰。

黑暗中我将你们照亮，战斗开始，
我冲杀在前，在斗争第一线。

在我周围，躺着战友们的尸体，
可是我们已经胜利。我们已经
胜利，可周围躺着——战友们的
尸体。在热烈欢腾的凯歌声中，
回响着哀悼死者的合唱曲。
然而，
我们既没有时间欢乐，也没有时间
哀泣。投入新的战斗的号角已经
吹起——

我是剑，我是火焰。

公元一八二九年

请给我一处高尚宽广的战场,
我好痛痛快快地流血死去,
啊,别让我待在这地方[①],
在市侩们的小天地里窒息!

他们吃得饱,喝得足,
真像鼹鼠一般幸福无穷;
他们的气度啊真叫宏大,
大得像施舍箱上投钱的孔。

他们雪茄叼在嘴里,
双手插在裤兜儿里,
消化力也呱呱叫;可就不晓得
又有谁,能把他们给消化掉!

---

① 指汉堡。

他们包揽着全世界的香料买卖，
一应货色无不齐备，
然而在他们周围仍充斥着
鳕鱼灵魂的腐臭气。

啊，我宁肯目睹血腥的暴行，
目睹十恶不赦的罪孽，
只要不见这吃饱喝足的德行，
不见这付得起账的美德。

天上飞过的白云啊，带上我吧，
不论去到什么样的地方！
拉普兰、非洲、波美拉尼亚①
都行啊——只要远走他乡！

啊，带上我——白云没听见——
它们高高在上，乖巧聪明，
一飞临这座城市，
也吓得加快了飞行。

---

① 德国从前的一个偏僻之邦，临波罗的海。

1832

致一位当年的歌德崇拜者[①]

魏玛聪明的文艺老人,
他织成了优闲的网罗,
围着你似冰冷的迷雾,
你真的已从其中逃脱?

你不再满足于结识他的
克蕾尔欣和格莉琴?
你逃避赛罗贞节的姑娘,
逃避奥蒂莉的《亲和力》?
你只想服务于日耳曼,
迷娘而今对你已成过去,
你追求更伟大的自由,

[①] 指吕讷堡市政府的秘书和后来汉诺威议会中自由派反对党成员鲁道夫·克里斯蒂亚尼(Rudolf Christiani)。他是海涅的朋友和表妹夫。

而不跟菲莉涅混在一起?①

你要效忠高贵的民众,
拿出吕讷堡人的勇气,
你要用威武豪迈的语言,
压制暴君团伙的粗鄙!

我在远方欣喜地听到
人们怎样对你赞不绝口,
称你为吕讷堡荒野的
自由斗士米拉波②!

---

① 克蕾尔欣是歌德的悲剧《埃格蒙特》中的一位贫民少女,为救恋人埃格蒙特勇敢地带领民众起义。格莉琴是《浮士德》的女主人公。赛罗是长篇小说《威廉·迈斯特的学习时代》里的剧院经理,他所谓"贞节的姑娘"是指菲莉涅似的放荡女戏子,迷娘则是该小说中的一位出身神秘而早夭的意大利女孩。奥蒂莉是长篇小说《亲和力》的年轻女主角,最后为殉情而死。这首诗表现了海涅对自由思想的歌颂,对"魏玛聪明的文艺老人"歌德的讥讽。

② 米拉波(H. G. R. v. Mirabeau,1749—1791),法国著名的自由主义政治家,大革命后成立的国民议会的第三等级代表。

1833

异国情思

1

你身不由己,漂泊四方,
也不知为什么缘故;
可是,当和风送来柔语,
你总不禁茫然四顾。

应是你留在故乡的爱人,
在温柔地把你呼唤:
"回来吧,我爱你,
你是我唯一的幸福!"

然而流浪啊,流浪啊,
没有休止,不能停息;
那个你深深爱过的人,
你与她已是相见无日。

2

你今天这样伤心难过,
我已经许久没有看见;
泪珠儿从脸颊上落下,
你还不住地唉声长叹。

你怀念的遥远的祖国,
已消失在云遮雾障的地方;
坦白说吧,你有时很希望
还生活在可爱的故乡!

你可想念那个温柔女子?
她的娇嗔常常使你快活;
当你动起火来,她便转嗔为喜,
临了儿你俩总会乐乐呵呵。

你可想念你的朋友们?
非常时刻他们总拥抱你;
你们心潮汹涌,感慨万千,
然而嘴上却不言不语。

你可想念母亲和妹妹?
你与她们相处得很好;
想起她们,我相信,朋友,
你胸中已消去了气恼。

你可想念那座美丽的花园
以及园中的鸟和树?
你曾常在那儿做青春的梦,
渴望着爱情,但又畏惧踟蹰。

时候已晚。夜色明亮,
融雪反映着惨淡的光,
我得赶紧更衣去赴人家的
约会。唉,真叫人心伤!

3

我曾经有一个祖国,
她是那样的美丽:
橡树挺拔茁壮,紫罗兰温柔妩媚。
她已梦一般逝去。

她曾给我德国式的亲吻,

用德语对我说:"我爱你!"
(那声音是难以想象地甜蜜。)
她已梦一般逝去。

创世之歌

1

主最先创造了太阳,
随后才是月亮星辰;
然后又用额上的汗滴,
创造出来牡牛一群。

再往后他创造野兽,
狮子利爪凶残无比;
并且按照狮子原型,
造出漂亮的小猫咪。

为了荒野住上居民,
接着主又创造了人;
根据人的文雅模样,
他造出了滑稽的猢狲。

撒旦在一旁看着发笑:
嗨,上帝竟抄袭自己!
到头来不过照着大牛,
造出来一些个小犊子。

2

上帝听了回答魔鬼说:
我,造物主,是抄袭自己,
照着太阳我创造星辰,
照着大牛我创造小牛,
照着生有利爪的狮子
我创造可爱的小猫咪,
照着人我创造出猢狲;
可你呢什么也造不成。

3

我创造人、狮、牛、太阳,
为了自己获得荣耀;
创造星辰、牛犊、猫、猢狲,
为了自己快活逍遥。

4

一当我着手创造世界,
大功告成仅用一礼拜。
事先却思考了一千年,
才终于把计划订出来。

创造本身并没啥稀奇,
很快就能够粗制滥造;
然而订方案真叫不易,
谁是大师由此见分晓。

为了创造好法学博士,
特别是那小小的跳蚤,
我整整思考了三百年,
日复一日一天也不少。

陌路美人

我意中的金发美人,
我有法儿每天碰见她,
在丢勒里①的花园中,
在栗子树的绿荫下。

她每天在那儿散步,
带着两个丑陋女人——
不知她们是她老姨,
还是男扮女装的龙骑兵?

我问遍所有的朋友,
谁都不知她的芳名,
一切努力都是枉然!
我几乎害了相思病。

---

① 丢勒里在法国巴黎,曾为皇宫所在地,后辟为公园。

她那两位伴娘的上髭,
实在叫我胆战心惊,
但使我更加胆怯的,
却是我自己这颗心。

我从不敢在遇见她时,
轻轻发出一声感叹,
也不敢让我的目光
喷射出炽烈的情焰。

今天我终于得知,
劳拉是她的芳名,
像那位诗人爱过的
普罗旺斯的美人。①

劳拉!现在我方能
像彼特拉克一样,
用恋歌和十四行诗,
把我的美人歌唱。

---

① 意大利诗人彼特拉克(Francesco Petrarca,1304—1374)对一个生于法国普罗旺斯名叫劳拉的女子一见倾心,但终生无缘与她结识,因此写下《致劳拉》这首著名的十四行诗,以表达自己的爱慕和思念。

劳拉！现在我方能
像彼特拉克一样，
陶醉于这名字的
甜美音响——别无奢望。

变　换

与褐发女郎情缘已尽！
今年我又重新钟情
这一头金色的卷发，
这一双蓝色的眼睛。

我所钟爱的金发女郎，
多么和蔼、温柔、虔诚！
手里要是拿枝百合，
真无异于圣像一尊。

身段苗条，楚楚动人，
脸儿瘦小，富有感情，
她对于爱、望、信，①
怀着一颗火热的心。

---

① 爱、望、信（Liebe, Hoffnung, Glaube）为基督教徒追求的三种德行。

她声称一点儿都不懂
德语——我才不信!
难道克洛卜施托克[①]的
圣诗,你从不曾诵吟?

[①] 克洛卜施托克(F. G. Klopstock,1724—1803),歌德之前最伟大的德国诗人。他的代表作《弥赛亚得》即所谓"圣诗"。

1835

何处?

何处是疲倦的浪游者
最后的安息之地?
是那南国的棕榈树下,
还是莱茵河畔的菩提树底?

我将在何处的沙漠中,
由陌生人掩埋尸骨?
还是在荒凉的海岸上,
获得我最后的归宿?

随它去吧!无论何处,
主的蓝天永远把我环抱,
那悬挂夜空的万点繁星,
将永远在我坟头闪耀。

一个女人

他俩心相印、情相悦,
她是妓女,他是盗贼。
每当他去偷狗摸鸡,
她都躺在床上笑眯眯。

白天过得快活逍遥,
夜里她躺在他的怀抱。
男的不幸被投监牢,
她却站在窗口笑眯眯。

他带话给她:快来呀,
我真快把你给想死啦,
我呼唤你,害了相思——
她仍摇着头儿笑眯眯。

清晨六点他上绞架,
七点钟就已经下葬;
可八点她又把酒酾,
脸上还是一样笑眯眯。

1840

德　国

德国眼下还是个小孩，
可是有太阳做他的保姆，
太阳不喂他甜淡的奶水，
而是用烈火将他哺育。

吃烈火的孩子长得特快，
浑身上下还热血沸腾，
你们邻家小孩可当心啊，
千万别和他争胜斗狠。

他手粗脚重块头儿大，
连橡树都能连根拔，
小心他打断你们的脊梁骨，
砸碎你们的小脑瓜。

他像高贵的西格弗里德①,
勇士的事迹世代相传;
一当他锻炼成自己的宝剑,
就会把铁砧一劈两半。
是的,你将像西格弗里德
把那条丑恶的凶龙杀掉,
哈哈,你的保姆太阳
也会在空中高兴得大笑!

是的,你将杀死它,并占有
帝国的巨大的宝藏。
嘿嘿,到那时你头上的金冠
会无比地灿烂辉煌!

---

① 西格弗里德是德国古代英雄史诗《尼伯龙根之歌》中的主人公。

1841

为了一个大胆的念头

为了一个大胆的念头,
我付出了自己的生命;
如今冒险已经失败,
我的心啊,别怨恨!

萨克森人道得好:
"人的意愿即人的天堂——"
我虽然付出了生命,
然而却已如愿以偿!

我所感受的幸福
的确十分的短暂;
然而为幸福陶醉的人
不会把时间计算。

哪儿有幸福,哪儿

就有永生,哪儿就会
爱火熊熊,光明温暖,
不复存在空间、时间。

致赫尔威[①]

赫尔威,你这只铁云雀,
你发出铿锵的鸣叫,
飞向那神圣的太阳!
难道严冬真已逝去?
德意志真已春花怒放?

赫尔威,你这只铁云雀,
你已飞得天一般高,
人世你已经看不见——
要晓得只有在你的诗里,
才存在你歌唱的春天。

[①] G.赫尔威(G. Herwegh,1817—1875),德国诗人,1848年革命前后写过许多充满革命激情的诗篇,但有脱离实际的盲目乐观倾向。

1842

教　义

敲起鼓来，不要畏惧，
和随军女贩亲嘴去！
这就是全部的学问，
这就是书中的奥义。

把人们从沉睡中敲醒，
敲起鼓，用青春的力，
敲着鼓永远向前行进，
这就是全部的学问。

这就是黑格尔的哲学，
这就是书中的奥义！
我懂得它，因为我是个
好鼓手，并且聪明伶俐。

巡夜人[①]来到巴黎

"长着进步长腿的巡夜人,
你跑来巴黎怎么一脸怅惘!
我家里的亲人们怎么啦,
咱们的祖国是不是已解放?"

家里好极了,一派宁静安祥,
礼仪风化得到严格的维护,
德国正从内部向外发展,
在和平之路上稳妥地进步。

不像法兰西表面上热闹,
自由搞得生活动荡不宁;
德意志人只把自由的理想

[①] "巡夜人"指德国自由主义诗人丁格尔施德特(Franz Dingelstedt, 1814—1881)。他在1840年发表了《一个世界主义的巡夜人之歌》,所以被海涅称为"巡夜人"。1841年,因政治进步失去了在卡塞尔的中学教职,他到巴黎做记者,并于同年11月结识了海涅。此诗以答问的形式,讽刺针砭德国的现状。

深深深深地埋藏在内心。

科隆大教堂[①]就要完工啦，
为此得感谢霍亨索伦家族；
哈布斯堡家族也捐了款，
玻璃窗由维特尔斯巴赫家资助。

宪法和关于自由的法律，
我们已经得到了承诺；[②]
皇家的诺言本是宝贝，就像
尼伯龙根宝藏深藏在莱茵河。[③]

自由的莱茵河，河中的布鲁图斯[④]，
我们永远不会让人夺走！
荷兰人捆住了它的脚，
瑞士人抱紧了它的头。

[①] 科隆大教堂始建于1248年，累建累辍，至1880年方告落成。普鲁士霍亨索伦王族的威廉三世和威廉四世都曾续建。哈布斯堡家族是奥地利的王族。维特尔斯巴赫家族是巴伐利亚的王族。
[②] 普鲁士国王威廉三世曾于1815年许诺制定宪法，但未兑现。
[③] 据中世纪传说，尼伯龙根族的黄金沉入了莱茵河底，但至今无人知道具体在何处。
[④] 马可斯·尤尼乌斯·布鲁图斯（Marcus Junius Brutus，公元前85—前42），恺撒大帝的亲信，同时又是密谋杀死恺撒的首领。是他亲手刺死了恺撒。

上帝还要赐给咱们舰队,
爱国者精力过盛而愉快地
在德意志的大船上摇着橹;
堡垒中的囚禁也将废除。

春光明媚,豆荚胀裂、绽开,
在自由的原野我们自由地呼吸!
既然出版社整个遭到查禁,[①]
书报审查最终自然也会消失。

---

① 1841至1842年,海涅在康培出版社出版的所有作品都被普鲁士当局查禁。这首诗曾由该社印成活页,散发流传。

倾　　向

德意志的歌手！你要
歌唱和赞颂，德意志的自由，
让你的歌激励我们的心灵，
用马赛曲的曲调
鼓舞我们投入战斗。

再不要像维特那样哀鸣，
他的心只为着绿蒂燃烧——
时代的钟声已经敲响，
快向你的人民发出警号，
你的诗该是匕首、战刀！

别再像软绵绵的长笛，
抛弃那牧歌般的情调——
你要成为祖国的号角，
成为它的大炮、重炮，
去吹，去吼，去轰，去杀！

每天去吹,去吼,去轰,
直至最后的压迫者逃掉——
永远为着这个目标歌唱,
同时却要让你的诗篇
尽可能地通俗明了。

婴　儿

上帝于梦中赐福虔诚的人，
在你不知不觉之间，
你于是稀里糊涂怀上身孕，
童贞女子日耳曼[①]。

从你脐带上蠕动下来——
一个小小的婴儿，
他将长成英俊的射手，
像那位爱神阿莫尔。

雄鹰矫健地翱翔天空，
将被他张弓射落，
就连那双头怪鸟[②]，
也休想从他箭下逃脱。

---

① 日耳曼系德国古称。
② 指昔日普鲁士国徽上的双头鹰。

可千万别让他学那——
瞎了眼的异教爱神，
他这么赤身裸体，
活像个无裤党人①。

咱们德国气候严寒，
兼有警察维持风化，
管你是老人小孩儿，
统统都得穿好裤褂！

---

① "无裤党"（Sansculotte）是就字面直译，无裤原意为"不穿短裤"。"无裤党"又称"长裤汉"，是1789年法国大革命中对革命党人的称呼。贵族在当时一般都穿及膝的短裤和长袜，穿长裤的平民被视为衣着不整。

诺　　言

德意志的自由啊，你不必
再赤脚涉过沼泽，
你的脚将穿上长袜，
外面再套一双皮靴！

你的头将戴上皮帽，
暖和和而扬扬自得，
它还保护你的耳朵，
再不怕那寒风凛冽。

你还会有吃的呐——
美好未来转眼就到！
别上萨堤尔①的当啊，
千万别跟着他们胡闹！

---

① 萨堤尔指法国。在德国反动政府眼中，法国的革命者如恐慌和噩梦的标志，半人半兽的萨堤尔一般可怕。

你要安分,再安分,
切切不可抛弃礼节,
你要尊重官府啊,
以及咱市长老爷。

领　悟

米歇尔①啊！你可已经
擦亮眼睛？终于发现
人家骗走了你最营养、
最可口的汤，从你嘴边？

作为补偿，人家答应
给你纯净的天国之娱，
说什么天使在那上边
烹调幸福，无须肉糜！

米歇尔！是你的信仰
削弱了，还是胃口大了？
你抓起生命之杯狂饮，
竟还唱异教徒的歌谣！

---

① 米歇尔，德国男人常用的名字之一，在诗中多作为忠厚、愚钝而长于忍耐者的代称。此处泛指当时的德国民众。

米歇尔！什么都别怕，
在尘世得把肚皮填饱，
等咱们将来进了坟墓，
你有的是时间消化掉。

在可爱的德意志故乡

在可爱的德意志故乡,
有许多生命树生长:
可是樱桃不管多诱人,
稻草人却更加吓人。

我们也真像是些麻雀,
竟被鬼脸吓得退缩;
不管樱桃笑脸多妖娆,
我们仍唱克制歌谣:

樱桃从外面看红艳艳,
死亡却藏在果核中间;
只有在天上星光闪耀,
才生长无核的樱桃。

圣父、圣子还有圣灵,①

---

① 即基督教所谓的"三位一体"。

我们衷心赞颂他们——
可怜的德意志灵魂啊,
对他们永葆渴慕之情。

只有天使们翱翔之地,
才生长永恒的欢娱;
尘世上唯有罪孽苦难,
连樱桃也又苦又酸。

1843

鼓手长

这位当年的鼓手长,
他如今多么落魄、潦倒!
皇帝①时代他还风华正茂,
生活又何等快乐、逍遥。

他舞动着大指挥棒,
满脸都带着笑;
他军装上的银丝带
在日光中熠熠闪耀。

随着擂动的军鼓声,
他走进一座城又一座城,
女人和姑娘们的心中
全都发出了共鸣。

---

① 指拿破仑一世。

他趾高气扬,轻轻松松,

征服了全城的美人;

他的黑色的胡髭

沾满了德国妇女的泪痕。

我们必须容忍痛苦,

像德国橡树一般温顺,

直到高高在上的上峰,

发出"解放"的号令。

像斗牛场上的野牛,

我们突然挺起了尖角,

为了摆脱法国佬的奴役,

我们唱着寇尔纳①的战歌。

好厉害的歌!它震得

暴君们胆战心惊!

皇帝和鼓手长害了怕,

双双仓皇逃遁。

---

① T. 寇尔纳(Theodor Körner,1791—1813),德国诗人,作有许多爱国诗歌,在反拿破仑的解放战争中战死。

他们自作自受,
得到很坏的下场,
拿破仑皇帝落进了
英国人的手掌。

在圣赫勒拿岛他想必
受到了残酷的虐待,
在经历长期痛苦后,
临了儿他死于胃癌。

他的鼓手长也一样,
失去了他的职务,
为了不致饿死,
他当了旅馆的杂役。

他生火炉,刷痰盂,
搬完柴火又提水,
头发花白,颤颤巍巍,
楼上楼下,来来回回。

每当弗里茨来旅馆看我,
总忍不住要说说笑笑,
对这个摇摇晃晃的瘦老头,

他最喜欢作弄、讥嘲。

别嘲弄他啊,弗里茨!
日耳曼青年应有礼貌,
对已经倒台的大人物
绝不能开恶毒的玩笑。

我想你对这样的人
还应该有些孝心;
没准儿呐,这老头
是你母亲替你找的父亲。

生命的航程

一片欢笑和歌唱!日光
闪烁、跳荡。波浪摇晃
快乐的小舟。我坐在船里,
无忧无虑地和朋友在一起。

小舟触了礁被撞得粉碎,
朋友们却都不善于游水,
全淹死在祖国的江河里面;
我则被风暴刮到塞纳河畔。①

和一些新伙伴,我登上
一艘新船,异国的波浪
激打、推涌得我四处漂流——
祖国多遥迢!我心多哀愁!

---

① 从1831年起,海涅便长期流亡巴黎,直至逝世。

于是又有了歌唱和欢笑——
风声凄厉,船板嘎吱叫——
天空中不再有一颗星闪耀——
我心多哀愁!祖国多遥迢!

教区委员普罗米修斯[①]

保罗骑士,高贵的强盗,
众神阴郁地蹙起了额头,
正从天庭中向下将你瞧,
你触犯天怒,绝无原宥。

由于你在奥林匹斯山上
偷鸡摸狗,进行抢劫——
当心你跟普罗米修斯一样下场,
一旦宙斯的差役将你捕得!

自然呐,那家伙更不像样,
他偷了光明,偷了火焰,
为了把黑暗的人间照亮——
你呢,不过偷了谢林的演讲,

[①] 海德堡大学的神学教授和教区委员 H. 鲍鲁斯(Heinrich Paulus,1761—1851)在1843年擅自发表了哲学家谢林的哲学讲演稿《启示的哲学》,遭到谢林的控告。海涅以此为题材写了这首讽刺诗。

它刚好是光明的反面,
是摸得着的黑暗一片,
就像曾经笼罩埃及的黑暗,
也确实能够摸得到一般。①

---

① 典出《圣经·旧约·出埃及记》第十章第二十一至二十二节:耶和华对摩西说:"你向天伸杖,使埃及地黑暗,这黑暗似乎摸得着。"摩西向天伸杖,埃及遍地就乌黑了三天。

夜 思

夜里想起德意志，
我总是不能入眠，
热泪滚滚往下流，
我再也没法合眼。

冬去春来，年复一年！
自从不见我的母亲，
已逝去十二个年头，
我却对她更加思念。

我的思念与日俱增，
这老妈妈让我迷恋，
我时刻牵挂着她，这位老妈妈，
愿上帝对她垂怜！

这老妈妈深爱着我，
我从她写的信看出，

她的手啊如何战栗,
她那慈母心剧烈震撼。

母亲永远占据我的心,
十二个年头一去不返;
漫长的十二年逝去了,
我再没能拥她在胸前。

德意志是个结实的国家,
将万古长存,永远康健;
还有它的橡树它的菩提,
我总有一天会再看见。

我不会热切思念德意志,
要不是母亲生活在那边;
祖国永远不会毁灭,
母亲却会离开人间。

自从我离开了祖国,
那儿有许多人进了墓园——
我深爱的人们啊,如果叫我数,
我的心将把热血流干。

可我必须数——越数
我越感到痛苦难耐,
好似许多尸体压着我胸口——
感谢上帝,它们终于退开!

感谢上帝,从我窗口射进来
法兰西明亮和煦的阳光!
我美如清晨的妻子走到床前,
用微笑驱散了德意志的忧伤。

致一位政治诗人

你歌唱,如当年的提泰斯①,
内心充满豪迈,
然而你错择了你的听众,
还有你的时代。

他们纵然欣喜地聆听,
甚至热情洋溢地赞赏:
你驾驭形式特纯熟,
你的思想实在高尚。

他们在举杯痛饮之时,
也总记着祝你健康,
还不会忘记扯起嗓子,
跟着把你的战歌唱。

---

① 提泰斯(Tyrtaeus),公元前7世纪的希腊诗人。

奴隶欢喜唱自由之歌，
每天傍晚在酒馆内：
这样子能够消饱胀，
而且增加酒的香味。

路德维希[①]国王颂歌

1

话说巴伐利亚的路德维希,
这样的先生世间少见;
巴伐利亚民众尊他为君王,
因为王位系世袭家传。

他爱艺术,也爱绝色美女,
下旨为她们绘制肖像;
在这座画笔建造的后宫里,
他把艺术的太监充当。

他还下旨在雷根斯堡修建
一座大理石头颅神殿,

[①] 路德维希一世(Ludwig der Erste, 1786—1868),巴伐利亚的国王。此人附庸风雅,好大喜功,于1830年下旨在雷根斯堡兴建"德意志先贤祠"(Walhallagenossen),1842年才竣工。

并亲自动手为每一颗头颅
书写悬挂上解说标签。

"瓦尔哈拉",好一件杰作,
从托伊特到辛德哈纳斯,①
每一位的功勋、性格和事迹
都挨个儿得到了赞誉。

其中只缺路德的顽固脑袋,②
建祠者对他不怀敬意,
这就像啥鱼都有的水族馆,
往往也见不着大鲸鱼。

路德维希先生是位大诗人,
他一唱就会令阿波罗
跪倒在地,对他乞求、哀告:
"别唱啦!再唱我会发狂!"

路德维希先生是位大英雄,
就像鄂托,他的宝贝儿;

---

① 瓦尔哈拉(Walhalla),先贤祠的音译。托伊特(Teut),传说中的日耳曼神名。辛德哈纳斯(Schinder-hannes),一位在1803年被处死的侠盗。
② 路德维希信奉天主教,对宗教改革家马丁·路德自然没好感。

这小子在雅典患上了腹泻,
弄脏了那里的小王位。①

有朝一日路德维希一命呜呼,
罗马教皇将封他为圣徒——
这样一张面孔就配灵光环绕,
像咱们的公猫配穿礼服!

但等那些猴子和袋鼠
也一起皈依基督信仰,
它们肯定会尊圣路德维希
为守护神,百般景仰。

2

巴伐利亚的路德维希先生
自怨自叹,满腹惆怅:
"夏天逝去,冬天将临,
树叶已越来越枯黄。

---

① 路德维希一世的次子后来当了希腊的国王。

"谢林和克内里乌斯,[①]
他们两个去了也罢;
一个头脑熄灭了理性,
另外一个幻想贫乏。

"世人从我的王冠上
偷走了最璀璨的珍珠,
我的体操大师马斯曼[②],
这人中的至宝、翘楚——

"我好沮丧,好难过,
已经彻底灰心丧气:
如今没了这么一个人,
他的技艺登峰造极。

"再见不到他的短腿,
见不到他的塌鼻头;
他在草地上活泼虔诚快乐自由地
翻跟斗,活像一条哈巴狗。

[①] 哲学家谢林和画家克内里乌斯(Peter von Cornelius,1783—1867)原本都在巴伐利亚王国,后被普鲁士国王威廉四世请到了柏林。

[②] 马斯曼(Hans Ferdinad Massmann,1797—1874),慕尼黑大学古德语教授,提倡体育救国的狭隘日耳曼民族主义者。

"这爱国者只懂古代德语,
只知道雅可卜·格林和措伊呐①;
外来语对他永远见外,
希腊语拉丁语更甭提。

"他怀着一颗爱国心,
只喝橡实研磨的咖啡,
他大谈法国佬,大啖林堡干酪,
难怪散发着干酪臭味。

"哦,妹夫,还我马斯曼!
须知他的脸出类拔萃,
正如我自己在诗人里面,
也占据着显要的地位。

"哦,妹夫,留下克内里乌斯,
还有谢林(毫无疑问,
吕克特②你也可以留下)——
只把马斯曼还我就成!

---

① 雅可卜·格林和措伊呐都是古德语学家。
② 吕克特(Friedrich Rückert, 1788—1866),著名的浪漫派诗人和东方语言学家。

"哦，妹夫！该满足啦，
今天你已赛过我的荣耀；
我曾是德国的头号人物，
而今仅仅为第二号……"①

3

慕尼黑的宫廷教堂里，
站着一尊美丽的圣母；
她怀里抱着小耶稣，
人间和天国的幸福。

巴伐利亚的路德维希
有一天看见这尊圣像，
他顿时虔诚地下跪，
激动得结结巴巴地讲：

"马利亚啊，天国女王，
品性高卓，缺陷全无！
你宫廷左右都是圣者，
天使们乐于为你服务。

---

① 其时普鲁士的势力和影响已超过巴伐利亚。

"你的侍童胁生双翅,
把鲜花和缎带编入
你的金发,并为你
把身后的袍裾托住。

"马利亚,纯洁的晨星,
你哦,无瑕的百合,
你创造了许多圣迹,
许多虔诚的传说——

"哦,请让你的仁爱之泉
也给我滴下一滴来!
对我显示一点恩惠,
一点你高贵的青睐!"——

圣母很快便动了动,
显然地咧了咧小嘴,
不耐烦地把头一摇,
对自己的孩子说道:

"幸好啊我抱你在手,
不是还怀在肚子里,
幸好啊我不用再担心

看了不该看的东西。

"要是我还怀着你时
看见这丑陋的蠢物,
我肯定会生个怪胎,
而不是小小的天主。"

1844

亚当一世

你挥舞烈火的宝剑,
派来天国的宪兵,
把我逐出了乐园,[①]
太无理,真狠心!

我带着我的妻子,
来到陌生的世上;
可你也无可奈何:
我已将智慧果品尝。

你无可奈何:我已知道
你多么渺小、空虚,
尽管你用死亡和雷霆。

[①] 《圣经·旧约·创世记》载:亚当和夏娃受蛇诱惑,偷食了区分善恶的智慧果,被耶和华逐出了伊甸园。此诗可视为酷爱自由、长期被迫流亡国外的海涅的抒怀之作。

拼命将自己抬高、吹嘘。

啊，上帝！开除学籍[①]——
这一手实在寒碜得慌！
还叫什么世界的主宰！
还叫什么世界之光！

我永远不会惋惜
失去了的天国；
它不是真正的天国——
那里还存在禁果。

我要享有充分的自由；
天国中哪怕限制很少，
它对我也会变成
可怕的地狱和监牢。

[①] 指逐出乐园。

蜕　　变

未必大自然也已变坏,
染上了人类的缺点?
我感觉植物和动物
而今也个个会扯淡。

我再不信百合的纯真,
它跟花花公子蝴蝶
勾勾搭搭;蝴蝶吻它,
最后骗去了它的贞节。

还有对紫罗兰的谦逊,
我也不信。这小花
暗地里渴望出人头地,
把风骚的香气散发。

夜莺唱的是不是它的
真感受,我也怀疑;

它唧唧啾啾，哀叹呻吟，
我想不过是例行公事。

世界已经失去了真实，
忠诚同样不复存在。
狗也不忠心了，尽管
照样臭，照样把尾摆。

颠倒世界

真好一个颠倒世界,
咱们走道儿竟用脑袋!
猎人一打打地被射杀,
野鸡却举起猎枪来。

而今牛犊烧烤厨师,
骡子骑在人身上奔跑;
为争取教学自由和光明法,
奋起战斗的是天主教鸱鸮。①

赫令变成了长裤汉,②

---

① 鸱鸮即猫头鹰。这里指1844年有些教会中人发起的旨在使天主教德意志化的所谓改革运动。

② 长裤汉也称"无裤党",为法国大革命时的平民革命分子,因只穿长裤不穿短套裤,故名。赫令本是当时普鲁士王宫的一个御用诗人,却一反常态地在1843年著文反对书报检查。

贝蒂娜①说话实实在在；
还有只穿靴子的公猫
把索福克勒斯搬上舞台。②

为了纪念德意志英烈，
一只猴子③主张建祠堂。
根据德国的报纸报道，
马斯曼④最近已把头梳光。

日耳曼熊不再有信仰，
已变成无神论的信徒；⑤
法兰西的鹦鹉却相反，
成了好样儿的基督徒。⑥

---

① 贝蒂娜·封·阿尔尼姆（Bettina von Arnim，1785—1859）是名噪一时的女作家。她1835年问世的《歌德与一个孩子的通信》多属虚构杜撰；但1843年出版的《此书属于国王》却思想进步，真实地反映了下层民众的疾苦，因此遭到了查禁。

② 《穿靴子的公猫》是浪漫派作家路德维希·蒂克（Ludwig Tieck，1773—1853）的一出讽刺喜剧。这里影射他应普鲁士国王威廉四世之邀，于1841年在柏林导演古希腊戏剧家索福克勒斯的悲剧。

③ 指巴伐利亚国王路德维希一世。

④ 马斯曼，参见前注，以不修边幅著称。

⑤ 指费尔巴哈等当时的一批哲学家。

⑥ 多半指法国哲学家和政治家维克多·库欣（Victor Cousin，1792—1867），他曾照搬康德以后的许多德国哲学家的思想。

乌克马克的官方报纸,[1]
那情形更是荒唐之极:
一个死人竟然给活人
把最卑劣的墓铭草拟。

哥们儿,咱们还是别
倒行逆施!这没用处!
让咱们登上泰卜罗夫山[2],
把"国王万岁!"高呼。

---

[1] 乌克马克是德国新勃朗登堡的地名,"官方报纸"指《普鲁士总汇报》。1844年,该报刊文大肆攻击革命诗人赫尔威的诗集《一个活人的诗》,甚至恶毒地替赫尔威拟作了一篇墓志铭。

[2] 泰卜罗夫山即柏林市内著名的克罗伊茨贝格山(Kreuzberg)。

汉堡新以色列医院[1]

一家为犹太贫民开的医院,
专收治身遭三重不幸的人,
这些人生来便有三大恶疾:
贫穷、浑身疼痛外加是犹太人[2]!

仨恶疾中最糟数最后一种,
它本是家族千百年的遗传,
本是古埃及不健康的信仰,
本是从尼罗河谷带来的灾难。

不可救药的痼疾啊!对它
蒸汽浴、淋浴、手术刀全没治,
还有医院准备的种种药物,
对这些重症病人也不顶事。

---

[1] 诗人的叔父所罗门·海涅是汉堡的一位银行家。1839年他出资为贫苦的犹太人修建了一所医院,以纪念自己两年前去世的爱妻。

[2] 海涅自己生为犹太人,对犹太民族的苦难深有体会。

暗疾本是从父亲那儿继承,
往下再传给了儿子,要是
永恒的时间女神能治愈它,
孙子是否会健康、幸福、理智?

这我不清楚!可眼下我却要
赞美那颗心,它聪明、仁厚,
正努力减轻受难者的痛苦,
把时间油膏滴进他的伤口。

这高贵的人啊!他在这里
建起收容所,收治那些医术
(或者还有死神!)不能治的苦难,
并备好了床垫、护理和药物——

一位实干家,能干的都干了;
为事业付出了一生的艰辛,
到晚年怀着一颗仁爱心肠,
通过救世济人来颐养身心。①

他出手慷慨——但更慷慨的施予,

---

① 其时所罗门·海涅已74岁。

是从他眼里滚出的泪水:
为兄弟们罹患的不治之症[①],
常落下珍贵而美丽的珠泪。

---

① 诗人在此又一次强调,犹太人的出身是比身体病患更加可怕的"不治之症"。

调换来的怪孩子①

一个头大如南瓜的孩子,
苍老的辫子,浅黄的髭须,
手臂蜘蛛般细长却强健,
胃挺大挺大,肠子却很短——
是一个军曹②偷走了婴儿,
把这怪模怪样的畸形儿
悄悄放进了咱们的摇篮——
这个怪胎,也许它就是
所多玛老头③用他的谎言,
用他钟爱的欺诈所生产——
无须我道出这怪物的名字——
你们只管把它淹死或烧死!

---

① 德国古时候有初生婴儿被妖魔调包的民间传说。海涅巧妙地用它来揭露和形容实行军国主义的普鲁士。
② 军曹是普鲁士军队中的典型形象,诗人在此以它影射普鲁士王朝。
③ 据《圣经·旧约》记载,位于死海之滨的所多玛城中市民荒淫而好欺诈,故遭到上帝毁灭。此处的"所多玛老头"影射同样性喜欺诈的普鲁士国王弗里德里希二世。

等着吧

你们竟以为我不会打雷,
只因我闪电的本领太杰出!
你们大错特错啦,须知
我同样具有打雷的天赋。

一当真正的日子到来,
这可怕的天赋将得到证明,
你们将听见我的声音,
听见长空霹雳,风暴雷霆。

在那一天,狂暴的雷电
将劈开好些橡树,
许多的宫殿将会战栗,
许多教堂钟楼将会倾覆。

西里西亚的纺织工人[①]

阴沉的眼里没有眼泪,
他们坐在织布机前,咬牙切齿:
德意志啊,我们为你织裹尸布,
我们织进去三重诅咒——
  我们织,我们织!

一重诅咒给上帝,我们祈求他,
在严寒的冬季,在饥肠辘辘时,
我们白白地希望啊,期待啊,
他却欺骗愚弄我们,把我们当傻子——
  我们织,我们织!

一重诅咒给国王——阔佬们的国王,
我们的苦难不能软化他的心肠;

[①] 1844年,西里西亚的纺织工人起义反抗资本家压榨和重税盘剥,遭到残酷镇压,海涅作此诗抒发对工人们的同情和对反动当局的义愤。

他榨取走我们最后的一枚钱币,
还下令把我们像狗一样地枪毙——
　　我们织,我们织!

一重诅咒给虚假的祖国,
那儿只繁衍着无耻和卑劣;
那儿的花蕾全都遭到摧残,
腐败和污秽却把蛆虫养育——
　　我们织,我们织!

织机轧轧,梭子飞驰,
我们不分日夜地织啊织——
衰老的德意志,我们为你织裹尸布,
我们织进去三重诅咒——
　　我们织,我们织!

老玫瑰

一朵含苞待放的玫瑰,
我的心曾为她燃烧;
可是她渐渐长大了,
变得来鲜艳又风骚。

世上最美的玫瑰,
我希望把她摘取,
可她用尖刺扎我,
我只好远远地离去。

如今她已枯萎凋零,
还受过风雨的撕咬——
我却成了最可爱的亨利,
她殷勤地投入我的怀抱。

亨利前来亨利后,
声音叫得实在甜蜜,

只可惜美人的下巴
而今仿佛长了芒刺。

那装点她下巴小痣的
刚毛，真是过于硬扎——
进修道院去吧，亲爱的，
要不找理发匠把脸刮刮。

重 逢

忍冬飘香的凉亭,夏日的晚上——
我俩又坐在窗前,和从前一样——
月亮升起来,滋润人的心灵——
我俩却呆坐着,像一双魅影。

十二年过去了,自从我俩
最后一次对坐在这里;
柔情的烈焰,熊熊的爱火
熄灭了,随时光流逝。

我寡言地坐着。这女人
一直拨弄昔日爱的余烬,
唠唠叨叨个没了没完。
然而不见一星爱火复燃。

她告诉我她如何克服了
种种坏思想,说来话长,

还讲她的德行多么崇高——
我只好听着,一脸傻相。

我骑马转回家,月光中
树影像幽灵般飞快遁去,
还伴着声声哀怨的呼唤——
我呢,和幽灵一起疾驰。

1845

题玛蒂尔德①的纪念册

这儿,在压得硬挺的破布上,
我奉命用一支鹅毛笔,
一半认真,一半儿戏,
涂写下几行拙劣的诗句——

我,原本只习惯在你
红红的小嘴上,用亲吻
倾述我迸发自心底的
烈火一般的爱情!

唉,要命的时髦!我是个
诗人,到头来得受妻子的刑罚,
直到我也学着别的雅士文人,
在她的本子里写上押韵的废话。

---

① 玛蒂尔德是海涅的法国妻子。她贪玩好耍,性情乖张,海涅曾因之苦恼。但他在临终前缠绵病榻,又得到她精心的照顾。

1846

阿斯拉人①

每当暮色降临，
喷泉激溅起白色水花，
美如天仙的苏丹公主
便会来泉边踱上踱下。

每当暮色降临，
喷泉激溅起白色水花，
年轻奴隶总伫立泉边，
脸色一天天更苍白可怕。

一天傍晚，女主人
突然走过来命令他：
告诉我，你叫啥名字，
什么部族，故乡在哪儿！

---

① 阿斯拉是阿拉伯民族的一支，古时多为奴隶。

奴隶回答：我名叫
穆罕默德，家在也门，
我的族人一爱就会死，
因为我们正是阿斯拉。

致青年

不要让跑道上的金苹果①
将你引诱,将你迷惑!
刀剑铿锵,箭矢鸣响,
也不能使英雄停步、退缩。

大胆开始已成功一半,
一个亚历山大能征服世界!②
何必左思右想!王妃们已
跪在帐幕中,等胜利者到来。

我们勇敢,我们进取!我们
作为后继者登上大流士的王位。
啊,幸福的毁灭,光辉的死亡!
胜利了死在巴比伦也令人陶醉!

---

① 希腊神话中有个叫阿特兰塔的美女,善走,求婚者必须在竞走中胜她方能与她成婚。希波美涅斯得到女神阿佛洛狄忒帮助,竞走时在地上扔了三只金苹果;阿特兰塔拾取了金苹果,结果竞走失败。

② 亚历山大(Alexander the Great,公元前356—前323),古代马其顿王,善征战,公元前333年打败波斯王大流士三世,占领巴比伦城。

赞　歌

女人的身体是一首诗,
我主耶稣创作了它;
诗写在了自然纪念册,
他那会儿诗兴大发。

是的,写作时机很有利,
上帝确曾大发诗兴;
一个敏感、棘手的题材,
他处理得极为高明。

确实呗,女人的身体
可算这诗中的雅歌;
那修长、白皙的四肢
乃是最精彩的段落。

哦,这光生生的脖子,
真正叫作神来之笔,

上面支撑着个小脑袋,
那卷发环绕的主题!

玫瑰花似的小小乳房
乃精心雕琢的警句;
那划分出双峰的小沟
真迷人得难以言喻。

还有它那对称的丰臀,
显示作者是位高手;
还有无花果叶掩盖的
部位,同样美不胜收。

可不是抽象的概念啊!
这首诗有肉有肋骨,
有手有脚,会笑会吻,
嘴唇的风韵特别优雅。

这才真叫诗意盎然喽!
无一处转折不迷人!
在它额头上,这首诗
盖上了完美的红印。

主啊,我要将你赞美,
要匍匐尘埃祷告你!
和你比我们是半瓶醋,
你才是天才的大师。

主啊,我真正恨不得
沉溺在你这华章里;
我要潜心地将它钻研,
无日无夜,夜以继日。

是的,日日夜夜钻研,
不浪费任何的光阴;
我的双腿变得细又长——
过分用功就是原因。

宫廷传奇

在柏林的老皇宫里，
我们看见一尊石像，
一个女人搂着骏马，
这马便是她的情郎。

人说这个淫妇，
是位可敬的娘娘，
她养的儿子儿孙，
个个贵为君王。

可真是哩，他们
很少有点儿人样！
瞧那些普鲁士国君，
谁不带副马相。

他们言语粗鲁，
笑声如马嘶鸣，

脑袋蠢似马厩，
饕餮胜过畜生。
唯有你啊，家族的最后一名，
思想感情才像个人，
你有一副真正的基督心肠，
你不是一头牡马。①

---

① 这一节诗看似在说当时的普鲁士国王威廉四世的好话，其实还是在骂他。

1847

如果人家背叛了你

如果人家背叛了你,
那你更要加倍忠诚;
如果你的心郁闷得要命,
那你就快拿起七弦琴。

拨动琴弦!唱起英雄赞歌,
让歌声像火一般炽热!
这一来怒气就会消解,
你的心就会甜蜜地流尽血。

瓦尔克莱[①]之歌

下界不太平。忙坏了
天上的三位瓦尔克莱女神,
她们骑着云驹往来驰骋,
空中响起她们铿锵的歌声:

君侯争斗,种族交战,
人人都想争权夺利,
权威是最高的德行,
最佳的品质是勇气。

嗨嗨!倨傲的铁盔
救不了谁的性命,
英雄的鲜血长流,
谁更坏才能得胜。

[①] 瓦尔克莱(Walkure)是北欧神话中奥丁(Odin)神的侍女,通常为九人,往来于战场上空,用枪指点注定战死的人,并将其灵魂导入先贤祠(Walhalla)。

顶顶桂冠！座座凯旋门！
胜利者明天就要入城，
他打败了不够坏的坏蛋，
赢得了疆土和臣民。

市长和参议们赶来，
将城市的钥匙敬呈，
胜利者率领着人马，
浩浩荡荡进了城门。

嗨嗨！城垣上礼炮轰响，
笛子喇叭一个劲儿猛吹，
钟声当当响彻空际，
百姓们一齐三呼"万岁"！

阳台上站满美艳妇人，
笑盈盈向胜利者抛花环。
只见他微微点着头，
扬扬得意地把礼还。

1849

1849年10月[1]

猛烈的风暴已经平息,
家里重新又安安静静;
日耳曼尼亚,这大孩子,
又重新为有圣诞树高兴。

咱们眼下享天伦之乐——
追求更高必招来横祸——
和平的燕子已经归来,
它曾在咱家屋脊上筑窝。

树林和河流一片宁静,
周遭洒满温柔的月华;
只是不时传来——射击声?
也许有位友人遭到枪杀。

---

[1] 此诗作于始于1848年的革命在德国南部和匈牙利遭到残酷镇压之后。

也许是他这鲁莽家伙
正好撞上别人的枪口,
(不是谁都像贺拉斯那么
聪明,知道勇敢地逃走。)①

砰、砰!也许是在过节,
为纪念歌德燃放礼花!②——
也许宋塔克③重出墓穴,
照老套放鞭炮欢迎她。

弗朗茨·李斯特④也重新露面,
他活着,没有倒卧血泊,
没被俄国人或克罗地亚人
杀死,在他的匈牙利祖国。

自由的最后堡垒陷落了,
匈牙利流尽鲜血而死——

---

① 指古罗马诗人贺拉斯(Quintus Horatius Flaccus,公元前65—前8)于公元前42年的菲利波战役临阵脱逃的不光彩行为。
② 1849年8月28日是歌德百年诞辰。
③ 著名女歌唱家宋塔克(Henriette Sonntag,1806—1854)于1828年结婚并退出乐坛,1849年重返舞台时受到了热烈欢迎。
④ 匈牙利钢琴家兼作曲家弗朗茨·李斯特(Franz Liszt,1811—1886)于1847年受聘担任魏玛公国的宫廷乐队指挥,后长期在那里定居。

弗朗茨骑士却安然无恙，
他的战刀①——也存放在柜子里。

他还活着，这个弗朗茨，
并将在儿孙们簇拥下，
讲述匈牙利战争的伟绩——
"我这么躺着，挥刀砍杀！"②

我一听见匈牙利的名字，
德国的上衣就快要胀裂，
里面好似大海在汹涌，
仿佛军号声正将我迎接！

于是胸中又重新响起
久已绝响的英雄传说，
还有粗犷的战斗歌曲——
述说尼伯龙根族的沦落。

英雄的遭遇一成不易，

---

① 1839年，李斯特巡回演出时在布达佩斯受到热烈欢迎，有人曾送他一柄镶着宝石的军刀表示敬意。
② 这是莎士比亚戏剧《亨利四世》中福斯塔夫在吹牛时的一句台词（见第一部第二幕第四场）。

古老的传说世代相沿,
变化的只是英雄的姓氏,
"可歌可泣"不过老生常谈。

到头来仍是同样下场——
不管旗帜怎么自由飘扬,
英雄仍旧按照老规矩,
葬身在强权的兽口里。

这一次公牛甚至跟熊
结成同盟——马扎尔人[①],
你倒下了,但仍可自慰,
我们其他人受辱更甚。

正大光明地战胜你的,
终归是地地道道的野兽;
奴役我们的却只是些
狼、猪以及卑鄙的狗。

它们嚎它们吠它们喷鼻——

---

① 马扎尔人为匈牙利的主要民族。公牛代表奥地利,熊代表俄国。1849年,奥皇在俄国沙皇尼古拉一世所派十万大军的支援下,残酷镇压了由科苏特领导的匈牙利革命。

胜利者臭得我受不了。
安静,诗人,别伤了身体,
你太病弱,还是别开口为好。

1850

三月以后的米歇尔①

我所认识的德国米歇尔,
他一直是个瞌睡虫;
在三月我想象他变了样,
能果敢聪明地行动。

瞧他昂着金发蓬松的头颅,
在国君们面前多么自豪!
瞧他大谈上边那些卖国贼,
蔑视禁令,胆儿真不小!

他的话语送进我耳朵里,
美妙得如神奇的传说,
我感觉像个年轻的傻瓜,

---

① "三月"指1848年席卷德国的"三月革命"。"米歇尔",本诗中指善良而没觉悟的德国民众。海涅通过这首诗,还揭穿了1848年资产阶级革命的不彻底和所谓的德国统一的虚伪。

死了的心已重新复活。

然而当黑红金的三色旗,
这日耳曼的破旗重新出现,
我的妄想和美妙的传说
便又一股脑儿烟消云散。

我了解这破旗上的颜色
以及它们隐晦的含义,
从德意志的自由神那儿,
它带来了最坏的消息。

我看见阿伦特和杨恩老爹[①]——
这些过去时代的英雄,
他们已从墓穴中爬出来,
重新为皇帝战斗效忠。

还有我青年时代的那些

---

① 阿伦特(Ernst Moritz Arndt,1769—1860),德国作家,在反拿破仑战争中以创作爱国诗歌著名;扬恩(Friedrich Ludwig Jahn,1778—1852),德国体育之父。两人都是德国民族主义的代表人物。

大学生协会①的大学生,
也为了皇上在发烧发狂,
当他们已喝得醉醺醺。

我看见一群白发的罪人——
外交官和教会的长老
以及罗马法的老执法吏,
一起在建着统一神庙。

温驯而善良的米歇尔啊,
这时又睡得呼噜呼噜,
当他重新苏醒时,已受到
三十四位国君的监护。

---

① 大学生协会是自由主义的德国大学生组织,首创于1817年10月18日,成员多嗜酒好斗,带有民族主义情绪。

1851

大卫王[①]

暴君临死面带微笑,
因为他知道自己死后
专制权力只会转转手,
奴隶制度并未到头。

可怜的民众!仍然
像牛马束缚在车前,
谁要不肯伏伏帖帖,
脖子就会叫轭压折。

大卫王已死到临头,
仍告诫所罗门:还有
我那位约押将军,
你要多对他留点神。

---

① 大卫王(King David),公元前10世纪时的以色列君主。

这位勇敢的统帅,
已多年叫我不快,
可是我从来没胆量,
给可恨的人厉害尝。

你,儿啊,虔诚又
聪明,膂力也足够,
要置那约押死地,
容易得不能再容易。①

---

① 约押本是大卫王的外甥,后来果然被所罗门王处死。

神　话

是的，欧罗巴被征服了——
谁能抵抗一头公牛？
我们也原谅达那厄，
她在金雨下低了头！

赛美勒受了迷惑——
她想，一朵白云，
天国中理想的白云，
它不会坑害我们。

可读到丽达的故事，
我们不禁义愤填膺——
你真是一个蠢婆娘，
竟为一只公天鹅丢了魂！①

---

① 欧罗巴（Europa）、达那厄（Danae）、赛美勒（Semele）和丽达（Leda）都是希腊神话中的美女，都为幻化成不同形象的天神宙斯所诱惑而失身。

怀　　疑

你将安卧在我的怀中！
一产生这奇异的念头，
我的心便被无限喜悦
激荡得膨胀、颤抖。

你将安卧在我的怀中！
我抚弄你美丽的发卷，
金黄色的发卷！你的
可爱的头将倚靠着我的肩。

你将安卧在我的怀中！
美丽的梦想就会实现，
我得享天国的无上幸福，
就在这下界尘寰。

啊，圣多马！我实难相信！
即使我能将自己的手指

也插进我的幸福的伤口，
我都会怀疑这样的奇迹。①

---

① 《圣经·新约·约翰福音》载：圣多马说，只有当他看见被钉上十字架的耶稣手上的钉痕，并把手指插进去，才肯相信耶稣已复活。

复 活

空中充满长号的呜咽，
回声阵阵，令人胆寒；
死者纷纷爬出了墓穴，
把胳膊腿儿活动舒展。

凡有脚的都在往前挪，
白色的影子一起涌向
约萨法，在那儿集合，
等着接受末日的判决。

基督高踞在审判宝座上，
使徒在他身旁围成一圈。
他们乃是一群阉羊，
声音柔美，满口箴言。

他们判案不藏头遮脸；
一当末日的长号吹起，

他们便一齐在大白天
把头上的假面具摘去。

话说在那约萨法山谷,
正站着被传唤的一群;
由于候审的人数太多,
他们在那儿分批受审。

山羊左边,绵羊右边,
如此区分简便又迅速;
虔诚温驯的绵羊升天,
倔强的骚山羊下地狱。

懊 恼

从无限欢乐的海洋
升起这灰色的云翳,
我今天必须受苦,
为了幸福的昨日。

唉,蜂蜜变成了苦艾!
唉,真痛苦,好难受——
我的心和我的胃,
在酒醉醒来以后!

和睦的家庭

多少女人，多少跳蚤，
多少跳蚤，多少痒痒——
她们暗暗给你罪受，
而且叫你不好嚷嚷。

须知她们狡狯地笑着，
在夜里对你进行报复——
你想搂住她亲热亲热，
唉，她却转给你背脊骨。

笃　实

爱情告诉歌神：
世风真是不好，
要她委身于他，
他先得给些担保。

歌神笑着回答：
可不，世道已经变坏，
连你也像个老吝啬鬼，
不先收抵押不肯放债。

唉，我只有一把七弦琴，
可制造这琴用的是纯金，
以它作抵押你能借给我
多少个吻，啊，小亲亲？

世 道

谁有的多,他马上会
得到更多更多。
谁只有一点,这一点
也会被人剥夺。

你要是一无所有,
唉,快叫人把你埋进土里——
穷鬼啊,须知只有有钱人,
才有生存的权利。

回　顾

世界是一座可爱的厨房,
我曾经把种种美味品尝;
人生在世能享受的一切,
我也无一不曾尽情分享!
我喝过咖啡,吃过蜜糕,
有过一些漂亮的布娃娃;
我穿过绸背心和燕尾服,
口袋里的金圆哗啦哗啦,
还像格勒特[①],骑过高头大马。
我有过家宅,有过宫殿;
我躺在幸福的绿草地上,
向我致意的阳光金灿灿;
月桂冠环绕着我的额头,
把美梦送进脑子的里面,

[①] 格勒特(C. F. Gellert,1715—1769),德国诗人。1768年诗人生病时,萨克森选侯曾以名马相赠。

梦见玫瑰和永久的五月——
心里说不出的幸福甘甜,
迷茫蒙眬,困倦慵懒——
烤熟的鸽子却飞进嘴里边。
还有天使走来,从口袋内
掏出香槟酒一瓶又一瓶——
只叹幻境消失,肥皂泡破碎。
我躺在潮湿的草地上,
手和脚都患了关节炎,
心中更深深感觉羞惭。
唉,每一点欢乐和享受,
都使我饱受痛苦煎熬,
还受臭虫们叮咬摧残;
黑色的忧郁催逼着我,
我只好撒谎,只好借债,
向无赖和老鸨低声下气;
我想我还将会沿街讨乞。
如今我已经倦于驱驰,
只求快些在墓穴中咽气。
别了!在那上边,兄弟,
是的,我自然还会见到你。

垂死者

为追求光明幸福,你曾远走高飞,
如今两手空空归来,人真叫狼狈。
德意志的忠贞,德意志的衬衫,
它们也在异乡被磨破、扯碎。

你脸色苍白,如同死人,
然而身已在家,心感快慰。
在德意志祖国的泥土里,
能像在温暖的火炉旁一般安睡。

遗憾的是,有人已经瘫痪,
纵然希望,也不能再把家还——
只能伸出双臂,哀哀求告:
上帝啊,求你把我可怜可怜!

穷光蛋哲学

要讨好那班富儿们，
你只能实打实地谄媚——
钱是实打实的玩意儿，
孩子也喜欢实打实的恭维。

在每一尊金牛犊①前，
你要使劲摇动香炉；
灰里泥里一样下跪祷告，
顶要紧是颂词不能含糊。

这年头面包太贵，
漂亮话却一文不值——
你不妨赞颂主人家的狗，
只要因此能猛喝猛吃。

---

① 在《圣经·旧约·出埃及记》中，"金牛犊"是以色列人当作神明顶礼膜拜的偶像，海涅借这个典故讽刺拜金主义。

回　忆

一个得到棺木，一个得到珠宝，
威廉·威瑟茨基[①]哦，你死得太早——
可那猫儿，那猫儿得救了。

他爬上去的横木断掉了，
他掉到水里淹死了，
可那猫儿，那猫儿得救了。

我们跟随着这可爱男孩的尸体，
他们把他葬在铃兰花下的土里，
可那猫儿，那猫儿得救了。

你真机灵，你逃脱了风暴，
早早地已将栖身之所找到——

[①] 威廉·威瑟茨基是海涅少年时代的同窗，诗人借对他的回忆表达了自己对现实生活的厌倦情绪。

可那猫儿,那猫儿得救了。

你早早逃掉了,你真机灵,
你已经痊愈,不等到生病——
可那猫儿,那猫儿得救了。

多少年来,哦,小鬼,一想起你,
我总是怀着感伤和妒嫉——
可那猫儿,那猫儿得救了。

瑕　　疵

世界上没什么完美东西,
玫瑰花虽好却长着尖刺,
我甚至相信,在天堂里,
可爱的天使也不无瑕疵。

郁金香不香,莱茵河畔有句俗话:
老实头艾利希①也曾偷过猪娃,
卢克莱蒂娅要是不举刀自戕,②
她没准儿也会坐月子生娃娃。

骄傲的孔雀长着两只丑陋不堪的脚,
最风趣机智的女人有时也叫人无聊,
就好像伏尔泰所创作的《亨利亚得》③,

---

① 艾利希(Ehrlich)是德国男人的名字,与形容词"诚实的"(ehrlich)谐音。
② 根据罗马传说,卢克莱蒂娅是塔魁王族的一位近亲的妻子,她在被王子奸污后自杀身死。
③ 《亨利亚得》是伏尔泰所著史诗,内容系记述亨利三世和亨利四世两朝的事迹。

抑或是克洛卜施托克的《弥赛亚得》①。

最聪明的母牛一点不懂西班牙语,
正如马斯曼也一点不懂拉丁文——
卡诺瓦②的维纳斯臀部雕得太干瘪,
就像马斯曼的鼻子跟屁股一样平。
甜蜜的诗歌里常常也有蹩足韵,
就像生蜜里面难免夹杂着蜂针,
忒提斯之子③脚踵仍会受致命伤,
亚历山大·仲马④的血统太不纯。

就连天幕上最明亮的星星,
它一伤了风也会掉鼻涕。
最好的苹果酒常带着木桶味,
太阳的黑点连你我都能看清。

---

① 《弥赛亚得》为德国诗人克洛卜施托克所著的颂歌,颂扬的对象为弥赛亚(救世主)。
② 卡诺瓦(Antonio Canova,1757—1822),意大利雕刻家,曾应拿破仑之聘,以其情妇为模特儿雕过一尊"静卧的维纳斯"像。
③ 忒提斯之子即荷马史诗中的希腊英雄阿喀琉斯。他浑身刀枪不入,只有脚踵是个致命弱点。
④ 亚历山大·仲马(Alexandre Dumas,1802—1870)的父亲是白人和黑人的混血儿。

就连你自己,尊敬的夫人,
也不完美无缺,玉洁冰清。
你瞪着我,质问我:你缺啥?
缺少丰满胸脯,和胸中的心。

告　诫

不朽的灵魂啊，你得当心；
有朝一日和尘世分别，
你当心别出什么事情；
须知路将通过死和夜。

在光明之都的金门前，
守卫着上帝的士兵；
他们只问你在世的业绩，
却不问姓什么？官几品？

朝圣者在门口将留下
仆仆风尘的局促皮靴——
进去吧，你将得到安宁、
宽松的拖鞋和优美的音乐。

退了火的人

人死了,只好长久地
躺在墓中;我还担心,
是的,担心复活之日
不会那么很快来临。

在生命之光熄灭前,
在我的心破碎前——
我希望再享受一次,
再享受一次女人的温情。

她最好是个金发女郎,
有月光般温柔的眼睛,
那种情焰炙人的褐发女子,
我到底已经难以容忍。

年轻的人们血气充足,
希望得到狂热的爱情;

他们追逐、发誓、打架，
相互处以心灵的苦刑。

人老了，身体也不佳，
像我这会儿这副德性，
纵然想再爱一次，再陶醉
一次，却不喜欢闹闹腾腾。

所罗门[①]

铜鼓、长号、角笛都不再演奏。
所罗门的睡榻旁有天使守候,
天使们一个个腰挎宝剑,
六千名在左,六千名在右。

他们保卫他不受噩梦惊扰,
只要他阴郁地眉头紧蹙,
他身旁立刻出现钢铁闪电,
一万二千把宝剑脱鞘而出。

可天使的宝剑重新插回
鞘中,一当夜的恐怖隐去,
酣眠者的眉头重新舒展开,
从唇间发出来喃喃低语:

[①] 所罗门(约公元前970—前930),以色列第三代国王。《圣经·旧约》中有许多有关他的传奇故事。

"书拉密①！帝国的权柄归我
继承，海内各邦尊我为王，
我是犹太和以色列的伟大君主，
可你要不爱我，我就会憔悴死亡。"

---

① 书拉密，相传为所罗门的情人，见《圣经·旧约·雅歌》。

逝去的希望[①]

心性相通,意气相投,
我俩彼此吸引;
你器重我,我器重你,
尽管各不知情。

两个诚实谦逊的人
容易相互理解;
言语经常成为多余,
眉眼足以传情。

啊,我是多么渴望
永不和你分手,
做逍遥自在的你的
忠诚勇敢的朋友。

[①] 在这首诗里,海涅怀念自己大学时代的朋友,波兰青年布莱察伯爵。

是的，我一直殷切希望
永远留在你身畔，
凡你所爱的一切，
我都愿为你去办。

你爱吃的我也爱吃，
你讨厌的我也讨厌，
为了使你开心开心，
我也要学抽雪茄烟。

有些许波兰故事
常叫你笑逐颜开；
我愿给你一讲再讲，
而且用犹太土语。

是的，我愿回到你身旁，
不再留恋这异国他乡——
在你幸福的炉灶前，
我要把膝头暖和暖和。

金色的美梦！虚幻的泡影！
匆匆逝去，如同我的生命——
唉，如今我已僵卧尘埃，

永远不能再站立起来。

别了!你们杳然逝去的
金色的希望,甜蜜的憧憬!
唉,这适才击中我心窝的
一拳,它真会要了我的命。[①]

---

① 指叔父所罗门·海涅留给海涅的少许遗产被堂弟克扣。

祭　　辰

没有人唱弥撒，
没有人念卡迪什①，
什么也不念，什么也不唱，
在我将来的祭辰。

到了将来的那一天，
要是天气温和而晴明，
玛蒂尔德夫人也许会来
蒙马特散步，并有保兰同行。②
她带着千日红扎的花环，
用它装饰我的坟茔，
她叹息道：Pauvre homme！③
眼眶已伤心得湿润。

---

① 卡迪什（Kaddish）是犹太人追悼死者时念的悼词。
② 蒙马特高地位于巴黎北部，那儿有著名的墓园。保兰是海涅妻子玛蒂尔德的女友。
③ 法语，意为"可怜的人"。

可惜我住在高高的天上，
不能给她，我心爱的人，
送过去一张椅子，唉，
她的脚已累得站立不稳。

甜蜜而丰腴的人儿啊，
回家时千万别再步行；
在大门外铁栅旁停着辆
出租马车，你可是已经看清。

忧愁老太

在我幸福的阳光中,
曾有快活的蚊蚋蹁跹。
亲爱的朋友们爱着我,
不分彼此如弟兄一般,
共享我的鲜美的烤肉,
以及我最后一枚金圆。

幸福逝去,钱袋空了,
朋友们也风流云散;
明亮的阳光黯然失色,
蚊蚋飞去不再飞还,
朋友们也像蚊群一样,
随幸福离开了我身边。

漫漫冬夜,病榻侧畔,
只有忧愁与我做伴。
老婆子穿着件白小褂,

头戴黑帽，还吸鼻烟。
鼻烟盒咔啦作响真烦人，
老婆子摇头晃脑太难看。

我不时梦见过去的光景，
幸福和新春俱已返还，
朋友与蚊群都围着我转——
突然鼻烟盒咔啦一声——上帝见怜，
肥皂泡噗的一声破了——
是老太婆擤鼻涕让我听见。

致天使

那是凶恶的塔纳托斯[①],
他正骑着灰马来到;
我已听见嗒嗒的啼声
黑色骑者将把我宣召——
他强掳走我,要我留下玛蒂尔德,
啊,这叫我的心咋受得了!

她一身兼为我的妻女,
我如去到那黑暗的王国,
她就将变成寡妇和孤女!
可我得将妻女抛却在尘寰,
任她孤苦伶仃;她曾信赖我,
靠在我怀中,无忧无虑地生活。

你们高居云端的天使啊,

---

① 塔纳托斯(Thanatos),希腊神话中的死神。

请听听我的哀告和泣诉;
请保佑这个我爱过的女人,
当我已进入阴暗的坟墓;
玛蒂尔德她也是一位天使啊,
我恳求你们对她多加爱护。

凭着你们为人类的痛苦
曾经洒过的所有眼泪,
凭着那只有祭司知晓且总是
诚惶诚恐地念出来的名讳,[1]
凭着你们的美丽、温柔和仁慈,
我恳求你们,天使们啊,将玛蒂尔德护卫。

---

[1] 指上帝的真名,只有犹太大祭司在赎罪日才能呼唤。

噩　梦

在梦中我重又年轻而快活,
住在高山之巅的别墅里;
我沿着山径往下奔跑,拉着
奥蒂莉的手,看谁获得胜利。

可爱的人儿身段多么窈窕!
蓝蓝的眸子海妖般富有魅力。
一双脚儿稳稳当当地立着,
说小巧真小巧,说有力也有力。

她的语音那么诚恳、亲切,
你简直就能看透她的心底;
一张小嘴红如初绽的玫瑰,
说什么都聪明而富有深义。

潜入我心中的不是爱的痛苦,
我并未陶醉,头脑仍然清晰——

只是她天生的音容令我销魂,
我战栗着吻她的手,悄悄地。

我记得最后摘下一朵百合
送给她,大声对她讲:奥蒂莉,
嫁给我吧,做我的妻子吧,
好让我也虔诚而幸福,就像你。

她怎么回答,我永远不知道,
因为我的梦突然醒了——还是
一个病人,仍如多年来一样地
躺在病榻上,希望已全然失去。

熄　灭

大幕落下，演出终了，
先生女士们涌出大厅，
不知这出戏可合他们的意？
我相信，我曾听见喝彩声。
一批极其可敬的观众
曾鼓掌感谢他们的诗人。
眼下剧场内却一片死寂，
欢乐与光明已同时消隐。

可是听！从面前空荡荡的舞台，
传来揪心的碎裂声——
也许是一根弦断了，
它属于那把老提琴。
堂座里窗帘也讨厌地作响，
是一群大老鼠在来回狂奔。
四周弥漫着刺鼻的油烟味，
最后一盏灯在绝望地呻吟。
它嘶嘶地叫着，直至熄灭；
啊，这可怜的灯火就是我的心。

遗　言

我的生命行将结束，
于是也来立张遗嘱；
我想要像个基督徒，
给我的敌人留些礼物。

他们高贵而富有德行，
我打算让他们继承
我全部的体弱多病，
我所有的疾患残损。

我要留给诸位疝气，
它夹起肚子来像钳子，
另外搭上小便不畅，
再加这普鲁士恶痣。

我的痉挛也给你们，
加上流涎和手脚抽筋，

还有脊背的骨萎缩,
通通都是上帝的杰作。

遗嘱后面再加条附注:
求主把对你们的纪念,
通通沉入忘川里面,
使人对你们记忆模糊。

Enfant Perdu[①]

在争取自由的战争中,
三十年我坚守在最前哨。
我战斗,不存胜利的希望,
知道自己不会活着还乡。

我日夜警惕,不能入眠——
就像在挤满战友的帐篷里,
勇士们响亮的鼾声吵醒我,
即使有时我感到了睡意。

夜里我常受到无聊的袭扰,
甚至感到恐惧——只有傻瓜毫无畏惧——
为驱散它们,我便吹起口哨,
吹一支格调狂放的讽刺歌曲。

---

① 法语,意为"守卫在最前沿、时刻冒着生命危险的哨兵"。

是啊,我端着枪,百倍警惕,
倘若一个黑影靠近,令我生疑,
我会好好瞄准,把滚烫的子弹
射进这小子卑劣的肚皮。

自然呐,有时也会出现这种情形,
一个坏家伙同样精于射击——
唉,我不能否认——于是伤口裂开,
我将流尽我体内的血液。

哨位空了!——伤口裂开——
一个人倒下去,其他人跟上来——
我的心碎了,武器并未破碎,
我倒下了,斗争并未失败。

1853

我曾无日无夜地嘲笑……

我曾无日无夜地嘲笑
那些个男人和女人；
我曾干过许多蠢事——
聪明叫我更加难忍。

处女怀孕生了孩子——
何必一个劲儿大发怨声？
谁一生中从未当过傻瓜，
谁就永远成不了聪明人。

男盗和女盗

正当劳拉在睡榻上
伸出胳膊将我拥抱——
她丈夫这只老狐狸
也开始掏我袋里的钞票。

如今我已身无分文!
劳拉的吻难道也只是诓骗?
啊!是或者非?这个你得
问彼拉多①,要么洗手不干。

可恶的世界如此堕落,
我即将离它而去;
我发现:一个人没有钱,
他就已经死去一半。

---

① 本丢·彼拉多(Pontius Pilate,?—36)是罗马帝国驻巴勒斯坦的总督,耶稣即在他治下被钉死在十字架上。

你们诚实纯洁的灵魂啊,
我向往你们的光明天国,
你们住在那里无所欲求,
因此也用不着再把贼做。

在五月

那些曾经吻我爱我的朋友
对我干了最最恶劣的事情。
我的心快碎了;天空中的太阳
却笑呵呵把欢乐的五月欢迎。

春光明媚。绿树丛中
响起鸟儿们愉快的歌声,
姑娘与鲜花一样嫣然含笑——
啊,美丽的世界,你真可恨!

我几欲赞美那——
没有这恼人对照的下界阴曹;
在幽幽的斯提克斯河畔[①],
受难的心灵感觉会更好。

---

① 斯提克斯河即希腊神话中的冥河。

河水忧伤地潺潺流去,
魔鸟们发出声声哀啼,
复仇女神的歌声尖厉刺耳,
其间还夹着地狱犬的吠叫——

这一切都正适合不幸与苦难——
在这黑暗王国,在这悲哀之谷,
在普罗瑟彼娜①可诅咒的领地,
一切正好配合着我们的痛苦。

然而在人世上,太阳和玫瑰
一样刺我、扎我,残酷无情!
五月蔚蓝的天空也嘲弄我——
啊,美丽的世界,你真可恨!

---

① 普罗瑟彼娜(Proserpine)为罗马神话中的冥后。

屈辱府邸①

时光飞逝,然而那座府邸,
带塔楼和雉堞的古老府邸,
连同府里愚蠢的人们,
却永远不能叫我忘记。

我还常常看见风信旗,
在它的塔顶呼呼旋转。
人人都吃惊地张大嘴,
在抬起头来观看之前。

谁想说话,都先得弄清
风向,生怕老波瑞阿斯②

---

① 原文题名为Affrontenburg,是海涅杜撰的一个地名,音译可以是阿夫戎腾堡,实指他叔父所罗门·海涅在汉堡郊外奥滕森的府邸。Affront原系法语,意即"屈辱",因此诗的题名可意译为"屈辱堡"或者"屈辱府邸"。诗中确实也写的是作为穷亲戚的诗人早年在叔父家中不堪回首的经历。
② 波瑞阿斯为希腊神话里的北风之神,这里指诗人的叔父。

会突然冲他吼叫起来，
像一头咆哮的熊一样。

最机灵的人自然一声不吭——
要知道在那地方，唉，
有个回声，它传回去的语音
全会遭到恶意的篡改。

府邸中央有座大理石水井，
雕琢成了狮身人面像，
井里面常常干涸见底，
尽管有不少眼泪流淌。

这该死的花园啊！唉，
在园中没有一个地方
我的心不曾受到伤害，
我眼里不是泪水汪汪。

园中确实没有一棵树，
我不曾在下边遭屈辱，
那些恶语伤人的舌头
有的文雅，有的粗俗。

躲在草里偷听的蟾蜍,
旋即把一切告诉老鼠,
老鼠又把听到的通通
讲给蝮蛇,它的婶母。

蝮蛇再转告老表青蛙——
于是整个肮脏的家族
口口相传,很快便都
知道了我遭受的侮辱。

园里的玫瑰原本很美,
馥郁的香气也挺诱人;
然而都早早地枯死了,
一种怪毒是它们死因。①

还有夜莺也病入膏肓,②
自打这位高贵的鸣禽
对那些玫瑰唱了恋歌;
我想也怪它染了毒瘾。

---

① 所罗门·海涅原有子女六人,且都仪表秀美,然而大多不幸夭折,长成人的只有儿子卡尔和女儿特莱萨。
② "病入膏肓"的"夜莺"乃诗人自嘲之语。他曾追求过堂妹特莱萨而遭拒绝,害了相思。

这该死的花园啊！可不，
它真像是遭到了诅咒；
时常在光天化日之下，
我就见了鬼似的发抖。

绿色的幽灵冲我狞笑，
好似残忍地将我讥嘲，
同时从紫杉树丛背后
传出来呻吟、喘息、哀号。

在林荫道的尽头耸起
一座平台，涨潮时分，
北海总会朝平台涌来，
把浪头在基石上摔碎。

平台上可以眺望大海，
我常常站在那儿狂想，
胸中同样也掀起巨潮——
同样在澎湃、喧腾、激荡——

的确在澎湃、喧腾、激荡，
但是同样的软弱无力，
就像那些骄傲的海涛，

经受不了坚崖的一击。

我嫉妒海上那些船只,
它们驶向幸福的陆地——
而我却被可恶的纽带
紧系在该诅咒的府邸。

即将去世的人

浮世的所有的乐趣
在我胸中已然死去,
甚至对卑劣的仇恨,
以及对自己和别人
苦难的关怀——
也死了,唯有死神还在!

大幕落下,戏已演完,
回家的人们打着哈欠——
我可爱的德国观众啊,
这些老好人并不傻;
他们正开心地吃夜宵,
一边饮酒一边又唱又笑——
荷马史诗中那位高贵的
英雄[①],他说得有道理:

---

① "高贵的英雄"指希腊将领阿喀琉斯。在《奥德赛》第十一章,他的亡灵说过类似的话。

在涅卡河畔的斯图加特活着,
连最渺小的市民也比我,
比一个即将死去的英雄,
比冥国的君王幸福得多。

三十年战争中的随军女贩之歌[①]

我真爱那些个轻骑兵,
我真非常地爱他们;
我爱他们不加区分,
不管制服是黄是青。

我真爱那些个步兵,
我爱的就是这种兵,
不管他们是老是新,
是军官还是列兵。

骑兵和步兵我全爱,

[①] 三十年战争(1618—1648)是德国在宗教改革后不同教派的诸侯之间展开的一场旷日持久的大战,其他欧洲国家也纷纷卷入,极大地阻碍了德国社会发展的历史进程,使其在战后分裂成300多个小邦,经济政治长期处于落后状态。随军女贩在当时的战地上随处可见。她们在战争中扮演着一个很特殊的角色,因此也常出现在文学作品里,如布莱希特(Brecht, 1898—1956)的名剧《大胆妈妈和她的孩子们》的主人公就是一个随军女贩。

他们都是勇敢的人；
还有在炮兵们那儿，
我没少过夜宿营。

我爱德国人，爱法国人，
爱威尔斯人和尼德兰人，
我爱瑞典人、波希米亚人和西班牙人，①
只要他们都是人。

不管他来自什么地方，
不管他属于什么教派，
这个人只要身强力壮，
他对于我就可亲可爱。

什么国籍，什么信仰，
通通只不过是衣裳——
脱掉外衣吧！让我紧贴
赤裸裸的人的胸膛。

我是一个人，乐于
为他人牺牲自身；

---

① 威尔斯人即意大利人，尼德兰人即荷兰人，波希米亚人即捷克人。

要是谁不能付现钱，
那他赊账一样行。

我帐篷外的绿十字
在日光中笑盈盈；
今儿个有马瓦西酒[①]，
我现开桶现供应。

---

① 马瓦西酒（Malwasier），一种产于希腊的著名葡萄酒。

蜻　　蜓

一只美丽的蜻蜓
在溪水上来去翻飞；
这妖冶迷人的舞女，
她浑身熠熠生辉。

年轻痴愚的金龟子们
钦慕她青色的纱衣，
钦慕她身体五彩斑斓，
钦慕她腰肢柔软纤细。

年轻痴愚的金龟子们
丧失了金龟子的一丁点儿理智，
嗡嗡倾诉着爱恋和忠诚，
还答应送她花边和瓷器。

美丽的蜻蜓含笑回答：
"瓷器、花边我全不需要；

你们要想得到我欢心,
赶快去给我弄点火苗。

"我的女厨子快坐月子,
晚饭得我亲自来烧;
炉里的煤炭已经熄灭——
找火种去吧,越快越好。"

女骗子刚把话说完,
金龟子们已匆匆起程。
为了替她找火,他们
远离了故乡的森林。

他们发现了火光,
在灯烛明亮的凉亭里面;
凭着热恋者盲目的勇气,
他们一头窜进了烛焰。

熊熊的烛焰噼啪作响,
吞噬着金龟子和他们的爱恋;
一些丢掉了性命,
一些把翅膀烧残。

可悲啊，烧坏了翅膀的
金龟子！他只得流落他乡，
在阴湿的地面上爬行，
像发着恶臭的屎壳郎。

"社交生活太糟，"他抱怨，
"是流亡中最难堪的事，
我们必须与下等虫子为伍，
甚至结交那班臭虫、虱子。

"他们把我们视为同类，
只因我们身体同样污秽——
想当年维吉尔的弟子，那位
地狱的歌者①也受过这种罪。

"我懊悔地回忆起美好时光，
那会儿我的翅膀多么漂亮，
在故乡的蓝空中翩翩飞舞，
在阳光下的花枝轻轻摇荡。

---

① 指意大利诗人但丁（Dante Alighieri，1265—1321）。在他的代表作《神曲》里，古罗马诗人维吉尔（Publius Vergilius Maro，公元前70—前19）为他的领路人。他1321年死于流亡途中。

"从玫瑰花蕊中吸取养料,
我的身份是何等高尚,
交往的是心性高卓的蝴蝶,
以及天才歌唱家纺织娘。

"如今我的翅膀已经烧坏,
不能再飞回自己的祖国,
我是一只可怜的虫子,
将死在烂在肮脏的异国。

"啊,我真希望从未见过
这青色的水上阿飞,
这腰肢纤细的荡妇,
这妖冶迷人的败类!"

忠　告

不要懊恼，不要害羞！
勇敢争取，大声要求，
人们会叫你称心如意，
让你把老婆娶回家去。

给乐师们多多撒些金圆，
节日的欢乐全来自琴弦；
快去亲吻你老婆的舅妈，
心里却想：但愿瘟神来把你抓！

对侯爷你要好好地夸，
对女人也不能讲坏话；
你不能吝啬自己的香肠，
倘使你准备杀猪宰羊。

你就算痛恨教会，傻瓜，
那也应常常去望弥撒；

遇见神甫你要脱帽致敬，
外搭着再把葡萄酒奉赠。

你要是感觉得身上痒痒，
在搔的时候得注意教养；
你要是感觉鞋子太紧太小，
喏，那就换一双拖鞋得了。

即便老婆把汤烧得太咸，
你可是仍旧得强作笑颜，
对她说：我亲爱的宝贝儿，
你烧的菜样样都很有味儿。

要是老婆向你要条纱巾，
你不妨一气儿买上两条，
还送给她花边和金鞋扣，
外搭着一串宝石项链。

这些忠告你要能全部实行，
啊，我的朋友，你将得到
那天堂里的极乐永生，
这人世上的幸福安宁。

克雷温克尔①恐怖年代的回忆

我们，市长和市议员们，
在此以父母官的身份，
向各阶层忠诚的市民
慎重发布如下的通令：

多半是外国人，外乡人，
向我们传播叛逆精神。
我们的同胞，谢天谢地，
很少是这样的坏分子！

无神论者多半也如此；
谁要脱离了他的上帝，
到头来也会成为叛徒，
背弃自己尘世的官府。

---

① 克雷温克尔原系德国剧作家科策布（August von Kotzebue，1761—1819）在其剧作《小城市的德国人》中所虚拟的城市名字，按字面意译则可以是"鸡叫角"什么的，在诗中则被用来影射现实的德国。

听命上峰,是基督徒
和犹太人的第一要务。
天一黑就得关上店门,
不管是基督徒或犹太人。

一当有三人聚在一起,
你们就赶紧各奔东西。
夜里谁都不允许出门,
除非手里提着灯照明。

任何人私有的武器,
都要交到同业公会去;
还有各种各样的子弹,
也得保管在同一地点。

谁敢在街上胡说八道,
当即就把他给处决掉;
要是用行动表示异议,
惩处也要同样严厉。

信赖你们的政府吧,
它奉公唯谨而又英明,
诚心诚意地保护国家;
尔等则永远闭住嘴巴。

1854

无穷的忧虑

死神正召唤着我——啊；亲爱的，
但愿我能与你分别在森林里，
那儿生长着密集的枞树，
狼群嗥叫，兀鹰哀啼，
牝野猪可怕地喷着鼻息，
这位黄毛公猪的娇妻。

死神正召唤着我——我的爱人啊，
我要能与你分别在大海上，
我就会更加称心如意，
纵有北极风狂暴地抽打海浪，
从深渊里浮上来
栖息在海底的
张着血盆大口的
鲨鱼和鳄鱼——
相信我，玛蒂尔德，亲爱的，

狂暴的海洋和莽莽的森林
都并不多么危险;

危险的倒是咱们现在的栖居!
无论群狼和兀鹰多么可怕,
无论鲨鱼和海怪多么可怕,
更可怕更凶残的野兽却出没在
巴黎。是的,巴黎——
这灿烂辉煌的世界之都,
歌舞升平,光怪陆离,
魔鬼的天堂,天使的地狱——
要我在这里和你分手,
我怎能不冒火,不生气!

黑色的苍蝇在我床头飞旋,
嗡嗡嗡地将我嘲笑;
这帮无赖落在我的额头
和鼻子上——实在可恼!
其中一些长着人似的嘴脸,
鼻子长得像印度的象头神——
这时我脑袋里也闹腾开了,
我想是在收拾行李吧,
我的理智即将离去——
唉,可悲!——它竟先我起程。

天生的一对

你望着我,热泪涌流,
以为在哭我的不幸——
你不知道啊,亲爱的,
这眼泪也有你的份!

啊,告诉我,可有预感
时时袭扰你的心灵?
可有预感向你宣示,
我俩命中注定要心连心?
在一起,我们快乐幸福,
分开了,只有痛苦沉沦。
命运的大书上写着,
我俩应该相爱相亲。
我的怀抱是你的归宿,
你的自我在这里觉醒;
花朵啊,是我用亲吻
使你解除植物的混沌;

你的生命价值提高了——
我给了你的躯体一个灵魂。

如今谜底已经揭晓,
时漏的沙已经流尽——
啊,别恸哭,命该如此——
我将离去,你将独自凋零;
凋零憔悴,尚在盛开之前,
烟消火灭,未及炽烈旺盛;
你还没生活就已经死去,
死神已经攫住你的灵魂。

如今我知道了,上帝做证,
你是我真正爱的女人!
多么惨啊,正当省悟之时,
却敲响了永远分离的钟声!
欢迎和告别在同一时刻,
今天我们就各奔前程。
我俩再无相逢之日,
即便到了上界天庭。
你的美貌将沦落尘埃,
随风飘散,余音荡尽。
我们诗人却不一样,

死神不能把我们战胜。
尘世的毁灭其奈我何,
在诗歌之国我们得享永生,
永生在仙女之乡阿瓦隆[①]——
永别了啊,仅剩下躯壳的美人。

[①] 阿瓦隆为中古传说中的仙岛,为亚瑟王之妹仙女摩尔伽娜统治之地。亚瑟王及其部下在死后都被送至这片乐土。

忠　告

在你写的寓言里，
每个人物都得用真名实姓。
不这样做你更加倒霉：
立刻有一打老傻瓜跳出来，
自称是你写的驴子的原型——
"可不，这正是我的长耳朵！"
他们争着嚷嚷，"这可怕的叫声
也正是我的嗓音！
这头驴子无疑是我，尽管没有
道出姓名；我的日耳曼祖国啊，
它一眼就能将我认清！
我就是这头驴子！
咿——喝！咿——喝！"
就这样，你为照顾一个傻瓜，
临了儿却惹恼了一打。

渴望安宁

让你的伤口流血,
让你的泪水长流——
痛苦中藏匿着快慰,
哭泣乃甜美的膏油。

要是别人没伤害你,
那么你就必须自戕;
也要好好感谢上帝,
即使泪水沾湿脸庞。

白昼的喧嚣已经沉寂,
夜晚拖着黑纱降临。
它怀里再没有恶棍、
傻瓜搅扰你的安宁。

在这儿不用怕音乐,
不再受钢琴的苦刑,

不见大歌剧的豪华，
不闻震耳的轰鸣声。

在这儿也不受他们
迫害、折磨，不管
是那帮虚荣的大师，
或是基阿科莫①世界闻名。

坟墓啊，你就是天堂，
对怕吵的耳朵、心灵——
死亡固然好，但最好
是压根儿不曾降生。

---

① 基阿科莫·梅耶贝尔（Giacomo Meyerbeer，1791—1864），当时柏林的音乐总监和歌剧作曲家，一个因拉帮结派而令海涅避之唯恐不及的讨厌家伙。

1855

警　告

不要用冷冰冰的语调，
伤害那个陌生小伙子，
他可怜巴巴地求你布施——
他没准儿是神的儿子。

有朝一日你再见到他，
灵光将环绕着他的头：
他谴责你的严厉目光，
你的眼睛将难以忍受。

铭　　记

你永远别去戏弄
那些头脑昏聩的小市民，
那些心地狭隘的蠢人。
在我们的戏谑中，
只有宽广而聪慧的心灵
始终能发现友爱之情。

我的白昼明朗……

我的白昼明朗，我的夜晚幸福。
我的诗是欢乐，我的诗是火焰，
曾经把不少美丽的烈火引燃。
每当弹起诗琴，人民总对我欢呼。

我的夏天虽然仍旧鲜花盛开，
可收获已被我运回到仓库里——
现在我就要离开一切的东西，
它们曾把世界变得珍贵、可爱。

诗琴已然从我的手中滑落。
酒杯刚兴奋地端到骄傲的唇边，
它却已经摔成了碎片。

主啊！死亡既丑陋又痛苦哦！
主啊！活在甜美而愁苦的尘寰，
虽说是苦却十分甘甜！

我不嫉妒那些幸运儿……

我不嫉妒那些幸运儿，
为了他们的生活；
我只嫉妒他们的死——
没有痛苦，干脆利落。

衣着华丽，头戴桂冠，
嘴唇上漾着笑意，
正乐享人生的盛宴——
突然已遭到死神袭击。

身穿礼服，佩戴玫瑰，
容光焕发一如生前，
受着福丢娜①的宠幸，
从容抵达了阴间。

---

① 福丢娜（Fortuna）系罗马神话里的幸福女神。

从未因病痛形象丑陋,
遗容仍然整洁光鲜,
由冥后普罗瑟彼娜
恭敬地迎进内殿。

我好羡慕他们的命运啊!
恶疾缠身,反侧辗转,
我想死却又死不了,
痛苦挣扎已有七年!

主啊,请缩短我的痛苦,
让人马上将我埋掉;
我可没有殉道者的
天赋哦,这你知道。

对你的自相矛盾,主啊,
请允许我表示吃惊:
你创造了最快活的诗人,
却夺去他的好心情。

痛苦麻木了快乐的感觉,
我已变得心情忧郁;
若不结束这可悲的玩笑,

我终会成为天主教徒。

我将像虔诚的信徒一样，
对着你耳朵不断喊叫——
于是最棒的幽默诗人，
求主怜悯！也就没了！

钟点,天日,无尽的永恒……

钟点,天日,无尽的永恒,
时间啊都好像蜗牛爬行;
这些个大蜗牛暴戾野蛮,
把它们的触角伸得老远。

有时候在空虚的荒漠里,
有时候在茫茫的雾海里,
金光闪烁,美丽又灿烂,
恰似我亲爱的人的青眼。

然而欢乐就在同一瞬间
消失殆尽,风流云散,
留下的只是可怕的病痛,
还有我心情的无比沉重。

劝 告

你满怀激情，又有勇气——
本来也是好事！
然而就算激情犹如珍宝，
仍不能代替冷静思考。

敌人不为正义、光明而战，
这我心里了然——
不过他们有枪，有不少
大炮，重型的野战炮。

冷静地把你的枪举起——
扳动扳机——
好好瞄准——敌人倒地，
你的心也会不胜欣喜。

1649—1793—????[1]

充当弑君者的不列颠人,
态度粗鲁,举止愚笨。
查理国王一夜不能成眠,
在白厅[2]熬过了最后一晚。
窗外有人在唱歌讥讽,
把断头台敲得乒乒乓乓。

法国人也不礼貌许多。
他们载路易·卡贝[3]去刑场,
用的只是辆出租马车,
没有按传统的礼仪排场,
让他乘坐豪华御辇,
真有伤陛下的威严。

---

[1] 1649年,英国资产阶级革命成功后废除帝制,处死了英王查理一世。1793年,法国大革命成功以后,法王路易十六和王后玛丽·安东尼特先后被送上断头台。
[2] 白厅是当时英国王宫所在地。
[3] 卡贝是法国王室的姓氏。

更倒霉是玛丽·安东尼特，
她只得到一辆双轮马车；
陪伴她的不是侍从和宫女，
只有个无裤党人和她一起。
卡贝的遗孀一脸不屑，
哈布斯堡的厚嘴唇往上噘。①

法国人和不列颠人天生
全无心肝；只有德国人
才能始终心地纯善，
即使正把狠心的事干。
德国人对待自己的国君，
永远都会心怀着尊敬。

一辆六匹马拉的宫廷马车，
六匹马披纱戴花一片漆黑，
坐在前边的车夫哭哭啼啼，
垂着悲哀的鞭儿——如此
送德国君主上断头台受刑，
诚惶诚恐，毕恭毕敬。

---

① 玛丽·安东尼特原为出身哈布斯堡王族的奥地利公主。

遗　　嘱

我在生命垂危之际，
赶紧来立一张遗嘱。
我奇怪自己的心没有早碎，
它是如此恐惧，如此忧郁。

路易丝啊！你这女性的
骄傲，我要让你承受
十二件旧衬衫，一百只跳蚤，
外加三十万个诅咒。

我那位好友，他给我劝告，
却从来对我没有什么帮助，
作为临终遗言，现在我也劝他，
讨个母牛老婆，多多养些牛犊。

给谁好呢，我对圣父、圣灵
和圣子的信仰？我的宗教？

让中国皇帝和波森拉比①抽签吧,
他俩谁运气好谁要。

德意志的自由平等梦——
世间最美丽的肥皂泡,
我送给K市②的书报检查官,
它的营养自然不如黑麦面包。

还有我未竟的事业,
拯救德国的全套计划,
连同一个解酒药方,
我统统给巴登③议会留下。

这顶洁白如雪的睡帽,
我遗赠给我的老表④,
他从前为羊们的权利大声疾呼,
如今却沉默如罗马石雕。

---

① 波森即当时处于普鲁士统治下的波兰城市波兹南,那里犹太人比较多。拉比为犹太教的学者或教士。
② 原文为Kraehwinkel,泛指德国一般狭隘、庸俗而专制的小城市。
③ 巴登是德国当时的一个邦,巴登议会的议员多为自由主义的反对派。
④ 指鲁道夫·克里斯蒂亚尼。

斯图加特的风化稽查,①
宗教事务也归他管辖,
我送他两支手枪(却没装子弹),
他可拿去将老婆恐吓。

我把我的臀部模型,
遗赠给施瓦本诗派,②
你们看不惯我的面孔,
我的臀部应使你们愉快。

尚有一打通便药水,
我留给那位高贵的诗人③,
是啊,他的歌喉已梗塞多年,
唯有爱、信、望抚慰他的心。

这便是我的全部遗嘱,
可结尾还得加条附注:

---

① 指沃尔夫冈·门采尔,他曾向德国反动政府告发"青年德意志派",海涅因此要跟他决斗,他却不敢接受。故而诗中有手枪没装子弹的讽刺。
② 指当时施瓦本地方的一些诗人。他们与反对派妥协,为海涅所不齿。1837年,作家沙米索编辑的《德国缪斯年鉴》曾刊登海涅肖像,施瓦本派诗人对此表示不满,故有"你们看不惯我的面孔"一说。
③ 指施瓦本诗派领袖、浪漫派诗人乌兰特(Uhland, 1787—1862)。

倘若遗物没有人领取

便通通归入罗马圣库。①

① 结尾这句诗集中表现了海涅对封建制度的支柱——反动教会的深刻仇恨。

附录1

论法国画家（1831）
一八三一年巴黎油画展览

　　五月初开幕的油画展览①，眼下已经关闭。一般说来，观众对它的展品只是走马观花；人人心中都牵挂着别的事情，充满了对于政局的忧惧。至于我，这次是初到京城②，对无数的事情都感觉新鲜，比起其他人来，就更没能以应有的宁静心情去漫步卢浮宫的那些大厅。那些精美的画幅，那些艺术的穷孩子挤挤挨挨地摆在这儿，件数几乎多达三千，忙忙碌碌的观众对它们只跟布施似的投以冷漠的一瞥。它们带着无声的哀痛，乞求人家给它们一些同情，把它们收留进心房的一角中去。白费力气呵！人们的心房早让自己的感情这一大家子挤满了，哪里还有地方和食物用来收留这些外人呢！正因此，这次画展就像一个孤儿院，就像一个收容各自都无依靠，彼此也无亲无故的流浪儿的场所。我们参加这

---

① 指一年一度在卢浮宫举行的画展。
② 海涅约从1831年5月20日起生活在巴黎。

样的画展,就像目睹一群卑贱无助、衣衫褴褛的乞儿,不禁会怦然心悸。

与此相反,我们走进意大利的任何一家画廊,截然不同的感情便油然而生。展品不再像弃儿似的被抛进一个冷漠的世界,而是在一位共同的巨人母亲的怀中吸吮乳汁,彼此和睦团结得犹如一个大家庭,虽然各人讲的话不一样,但操的语言却是相同的。

对于其他各种艺术,天主教曾经也是这样一位母亲,如今她却变得贫穷了,自顾不暇了。现在每个画家都各行其是,爱怎么画便怎么画:时髦的怪癖,富豪们或自己懒惰的心的奇思怪想供给他素材,调色板给他五光十色的颜料,画布也听凭摆布。再则,目前在法国画家中间,被曲解的浪漫主义蔓延扩展,依其主要原理,人人都拼命标新立异,或者用他们的口头禅来说,都力图表现个人的独特风格。如此这般,有时会搞出怎样的画来,是容易猜想的。

然而,法国人到底还是富于健康的理智,总能正确地判断什么是失败的,轻而易举地辨认出真正的独特风格,从五彩缤纷的油画海洋中捞取到地地道道的珍珠。作品让人们谈得最多并誉为杰作的画家计有:艾瑞·谢弗尔[1],贺拉斯·维内[2],德拉克洛瓦[3],

---

[1] 艾瑞·谢弗尔(Ary Scheffer,1795—1858),法国历史画家兼风俗画家。早期创作受大卫影响,后来倾向浪漫派。他取材于《浮士德》的一系列画作特别出名。

[2] 贺拉斯·维内(Horace Vernet,1789—1863),法国历史画家和战事画家,曾应路易·菲利普之邀为凡尔赛宫完成巨幅战争组画。

[3] 德拉克洛瓦(Eugène Delarcroix,1798—1863),法国杰出画家,浪漫主义画派的领袖。下文所述这幅反映1830年巴黎"七月革命"的《自由引导人民走上街垒》,是他最成功和最著名的作品。

德冈①、勒索尔②、施内茨③、德拉罗希④和罗培尔⑤。至于我,则只能局限于对公众的看法进行评述;它和我本人的看法相去不远。有关技法的优劣,我想尽可能避而不评。画既未留在公共画廊中任人观赏,评了也没多大益处;而对未得一睹的德国读者来说,更不见得有什么裨益。德国读者欢迎的,只可能是关于画的题材和立意的说明。作为一位有责任心的通讯员⑥,我首先得提一提艾瑞·谢弗尔的几幅画。在开幕后的第一个月,这位画家的《浮士德》与《格利琴》最受人注意,因为德拉罗希和罗培尔最杰出的作品是后来才陈列出来的。再则,谁若从未看见过谢弗尔的画,那他一见之下便立刻会为其画风所吸引,这种画风特别在设色方面明显地表现了出来。他的敌人在背后攻击说,他只是用鼻烟和绿色的肥皂在作画。我不知道他们的话在多大程度上对谢弗尔是不公正的。他那些褐色的阴影的确经常

---

① 德冈(Alexandre-Gabriel Decamps, 1803—1860),法国画家,既画历史题材,也画日常生活;既作风景画,也擅长漫画。

② 勒索尔(Émile Lessore, 1805—1876),法国画家兼雕刻家。在1831年的画展中,以《生病的哥哥》而引人注目。

③ 施内茨(Jean-Victor Schnetz, 1787—1870),法国画家,曾受业于大卫,主要创作意大利生活风俗画。

④ 德拉罗希(Paul Delaroche, 1797—1859),法国著名学院派画家之一。

⑤ 罗培尔(Louis Léopold Robert, 1794—1835),法国大卫派画家,以创作意大利农民生活画著称。

⑥ 1831年海涅旅居巴黎后,为他的出版商科塔办的《有教养阶层的晨报》写了一系列通讯,本文是其中的第一篇。

十分矫揉造作，未能产生预期的伦勃朗①式的光感效果。他画的人脸大多有种晦暗的颜色，就像驿车清晨在古老的客栈门前停下，我们彻夜未眠、心绪不佳，一进客栈便在那些绿色的镜子里看见的自己的脸色一样。然而，只要把谢弗尔的画稍稍细致地观察一下，观察得长久一些，你便会喜欢他的作画方式，便会发现他对全局的处理富有诗意，便会看到从那些忧郁的色调中，有一股光明的情绪透射出来，恰似冲破浓雾的阳光一般。在《浮士德》和《格利琴》这两幅画中，他那无精打采的信笔涂抹，死气沉沉的色调，隐隐约约的轮廓，甚至产生了良好的效果。两幅都是真人般大小的半身像。浮士德坐在一把中世纪的红色圈椅里，身旁是一张堆满了羊皮古书的桌子，他左臂支在桌上，没戴帽子的脑袋托在手掌中，右手撑着腰，手心向外。衣服是肥皂似的青绿色。脸部几乎成侧面，颜色如鼻烟一般灰黄，容貌却严肃而又高贵。尽管面带病色，双颊下陷，嘴唇憔悴，一副心力交瘁的样子，但脸上仍留下了昔日英俊的痕迹，加上双眸中倾泻出来的温柔悲凉的目光，这张脸看上去就如一座月光映照下的美丽的废墟。不错，这个男子正是一座美丽的人形废墟；在那饱经风霜的双眉上面的一道道皱纹中，有着博学多识的猫头鹰在孵儿育女；在这额头背后，潜藏着一些作恶的幽灵；一到午夜，那些故去的希望的坟墓

---

① 伦勃朗（Rembrandt van Rijn，1606—1669），尼德兰大画家，其作品倾向现实主义，内容富于民主精神，在色彩和明暗的处理技巧方面达到了高度的完美。

便会张开，苍白的鬼影便会从墓中钻出来，格利琴的灵魂也就戴着脚镣，在那凄凉无人的大脑幽室中出没穿行。画家的功绩正好在于他只给我们画了一个男人的头颅；但仅仅看这个头颅一眼，我们便可以体验到在这个男人脑子里和心灵中活动着的感情与思想。在几乎看不清的、完全画成绿色的十分讨厌的背景上，你也能看出靡非斯托斐勒斯的脑袋，一个地地道道的恶灵的脑袋，撒谎者的祖师爷的脑袋，魔鬼的脑袋，绿肥皂的守护神的脑袋。

《格利琴》是与之配成一对的有同等价值的画作。她同样坐在一把褪了色的红色圈椅里，旁边摆着一辆绕满线的不再转动的纺车；她手里托着一本翻开的祈祷书，可并没有读，而是盯着里面一帧小小的、开始泛白的圣母像。她垂着头，使同样几乎成侧面的脸有一大半都罩在阴影里，仿佛是浮士德夜游的灵魂，把自己的影子投到了这个文静的姑娘脸上。两幅画并排挂在一起，因此更加容易看出：《浮士德》这幅画的光线完全集中在脸上，《格利琴》那幅则不然，脸上比较暗，脸的轮廓却更亮。这样一来，后一幅画就产生了无从描述的神秘效果。格利琴的紧身衣是浅绿色，头上松松地戴着顶黑色小软帽，金黄色的平滑的发辫从帽子底下流出来，垂在两边，看上去更加金光闪闪的。她的脸呈典雅的鹅蛋形，五官长得很美；但出于谦逊，这美又是自愿地藏而不露的。她生着一对可爱的蓝眼睛，活脱脱就是谦逊的化身。在她美丽的脸颊上，静静地滚过一滴泪水，一粒无言的哀伤的珍珠。她虽说是沃尔夫冈·歌德的格利琴，但显然已读完弗里德里希·席勒的作品，而且与其说她是素朴的，不如说她是感伤的①；与其说她是轻佻娇媚的，不如说她是理想主义的。也许她太忠诚、太认真了，不可能妩媚，要知道妩媚存在于变动中。她呢，却具有某种殊堪信赖的、非常诚实的、十分可靠的品质，就像你还装在自己口袋里的一枚实实在在的金路易似的。一句话，她是个德国姑娘；要是你再仔细瞧瞧她那双忧伤的紫罗兰似的眼睛，你便不禁想到德国，想到吐放清香的菩提树，想到霍尔提②的诗，想到市政厅前的罗兰石像③，想到年迈的大学副校长，想到他那位玫瑰花一般的外甥女，想到以鹿角为装饰的看林人小屋，想到坏烟草和好伙伴，想到老祖母讲的发生在坟地里的故事，想到忠心耿耿的守夜人，想到友谊，想到初恋，想到诸如此类的各种甜蜜的琐事——是啊，谢弗尔的《格利琴》是无法描述的。在画上你看见的不是面貌，而是灵魂。它是一幅灵魂的写照。每当我从它旁边经过，都情不自禁地唤一声："可爱的孩子！"

可惜在他所有的画作中，我们都发现了同样的谢弗尔风格；这种风格如果说对他的《浮士德》和《格利琴》是适合的，那么，运用到其他需要做喜悦明快的热色处理的题材上，就会令人

---

① 此处影射席勒在1894至1895年间写的一篇论文：《论素朴的诗与感伤的诗》。

② 霍尔提（Ludwig Christoph Hölty，1748—1776），德国哥廷根林苑派抒情诗人，创作受民歌影响，写了许多情调悲凉的牧歌和哀歌。

③ 罗兰（Hruodland，736—778）相传是卡尔大帝（Karl der Grosse，742—814）麾下的一名忠勇骑士。中世纪时，德国北方城市大都竖有他的石像，以象征城市的独立和司法裁判权。

十分讨厌。例如，那幅画着一群正在跳舞的学童的小画就是如此；谢弗尔以他那沉闷的、闷闷不乐的设色，给我们画出了一群小精灵。不管他多么具有绘制肖像的天分，是的，不管我在这儿必须对他理解事物的独到之处如何大加赞赏，他这样用色仍令我反感。不过，在展览会上还有一幅肖像，谢弗尔的风格对于它同样完全适合。只有用这些不肯定的、虚假的、死气沉沉的、毫无个性的颜色，才能把那个人①画出来。此人的盛名就在于从他脸上从来不可能看出他的思想，是的，你看见的总是他想法的反面。他是这样一个人，我们尽可以在背后用脚踢他屁股，他嘴唇上仍旧能不改应有如仪的微笑。他是这样一个人，他一口气能发14个伪誓，他的撒谎天分曾为一届接一届法国政府所利用，只要必须进行某种致人死亡的阴谋；因此，他令人想起古代那个配制毒药的妇女，想起那个罗苦斯塔②，她曾经像件罪孽深重的遗产似的生活在一代代罗马皇帝的宫中，不声不响地，十拿九稳地，用她那外交权谋的药水，为一个又一个罗马皇帝效劳，为这个皇帝去毒杀另一个皇帝。谢弗尔把这个伪善者画得真是惟妙惟肖，他用毒药调制的颜色，简直把那14个伪誓也画到了此人的脸上。每当我站在这张像前，身上便起鸡皮疙瘩，心里想：他最新配制的

---

① 指法国政客夏尔·莫里斯·德·塔列朗（C. M. de Talleyrand-Périgord, 1754—1838），此人善于投机取巧，见风使舵，先在法国大革命后成立的政府任职，后又陆续为拿破仑、路易十八以及路易·菲利普（Louis Philippe, 1773—1850）等服务。

② 罗苦斯塔是公元1世纪时罗马宫廷中一个臭名昭著的配制毒药的女人。

那剂毒药，又该给伦敦的哪一位喝呢？①

　　谢弗尔的《亨利四世》②和《路易·菲利普一世》③同样值得特别提到。两者都被画成了真人大小的骑士形象，前一位是 le roi Par droit de conguête et par droit de naissance④，生活在我们的时代之前；我只知道这幅画的题目是 henri = guatre⑤，至于画得像到什么程度，我可说不准。后一位 le roi des barricades, le roi par la grace du peuple souverain⑥，是我的同时代人，我可以判断他的像和他本人是像还是不像。我是在有幸亲睹国王陛下的圣颜之前先看见这幅画的；我承认，尽管如此，我在后来真见到他时却未能一下子认出来。也许因为我是在他心情极度振奋的状态下看见他的吧，也就是说在最近那次革命胜利后的第一个庆祝日，当他由兴高采烈的国民卫队队员和佩戴勋章的七月英雄簇拥着，在巴黎跨马游街的时候；他周围的人发狂似的唱着《巴黎之歌》和《马赛曲》，不时还跳起卡马尼奥拉舞。国王陛下高高坐在马上，一半像个出于无奈的胜利者，一半像个自愿来为凯旋式助兴的俘虏；一位被

---

① 1834年至1835年间，塔列朗为法国驻伦敦大使。
② 亨利四世（Henry Ⅳ，1553—1610），原为那伐尔国王，因结束了三十年的宗教战争和完成国家统一，成为波旁王室的第一个法国国王。
③ 路易·菲利普，原为奥尔良公爵，后成为代表大资产阶级利益的七月王朝国王，在1848年的"二月革命"中被推翻。
④ 法语，意为"通过征战的权利和出身的权利成为国王"。
⑤ 法语，意为"山羊胡子"，与亨利四世谐音。
⑥ 法语，意为"街垒国王，至高无上的人民恩许的国王"。

废黜了的国王①骑着马象征性地,或者也可以说预言性地走在他身旁;此外,他的两个年轻的儿子也同样驱马伴随着他,俨然像美好希望的象征。他那肥胖的脸庞在密林般的络腮胡子底下烧得绯红,一双笑眯眯地向路人致意的眼睛闪着既得意又尴尬的光。可在谢弗尔的画上呢,他却没有这么愉快,甚至可以说是忧郁的,仿佛他正骑着马经过格里夫广场,经过他老子被砍头②的地方;他的马好像也失了蹄似的。我相信,在谢弗尔画上的那个脑顶门也不像芋头这么尖;他这奇特的长相,总让我想起一首民谣:

一棵大枞树,长在深谷间,
树底儿宽宽,树梢儿尖尖。

除此之外都画得相当准确,十分妙肖,不过这种妙肖,是我们在后来亲睹圣颜时才发现的。对于谢弗尔的整个肖像画的艺术价值而言,这个情况在我看来是不妙的,十分不妙的。因为肖像画家可以分为两类,第一类具有那种奇妙的天分,能抓住人物的某些特征并把它们画下来,即令是陌生人一看这些特征也会对所画人物的容貌产生一个印象,马上对素昧平生的画中人的个性有所了解,而将来一旦见到此人,立刻便可认出来。在一些个古典大师

---

① 指1831年被迫退位的西班牙国王彼得一世。
② 路易·菲利普的父亲老奥尔良公爵1793年11月6日被斩首于巴黎格里夫广场。

身上,特别是荷尔拜因①、提香和梵·戴克②身上,我们都发现有这种情况。一见他们画的肖像,我们立刻便为其真切感所震惊,压根儿不会怀疑它们与其早已死去的原型是妙肖的。随后我们一边在画廊中漫步,一边便情不自禁地说:"我们愿意发誓,这些画像很成功啊。"第二类肖像画我们特别常见于英国和法国画家当中,他们所追求的目标只是使人容易认出原型来,只是把人物的某些特征搬到画布上,让这些特征来唤起观众对于自己十分熟悉的画中人的模样与个性的回忆。说到底,这类画家只是为回忆工作;但他们在有教养的父母和温柔的夫妻中间,是极受喜爱的。这些人在茶余饭后常常向我们展示他们的画,并且不厌其烦地向我们保证,这些画在被虫子蛀坏以前,与他们可爱的小宝贝儿真是像极啦,或者与她那位我们尚无谋面机缘的丈夫才叫酷肖哩,等他从布朗施维克的交易会回来,我们就会看见的。

谢弗尔的《蕾奥诺莱》在设色方面远比他其余的画出色。故事发生在十字军东征的时代,画家有机会画一些较鲜艳的服装,甚至使整个色调都富于浪漫情趣。远征归来的大军从面前走过,可怜的蕾奥诺莱在队伍中不见自己的情人。整个画面笼罩着一股淡淡的哀愁,没有任何东西让人预感到当夜会有出现鬼魂的场

---

① 荷尔拜因(Holbein,1497或1498—1543),文艺复兴时期的德国大画家和木刻家。

② 梵·戴克(Sir Anthony van Dyck,1599—1641),尼德兰大画家,卢本斯的弟子。他是17世纪最伟大的肖像画家之一,对英国绘画艺术有深远影响。

面，而且我还相信，正由于画家把故事发生的时间挪到了十字军东征的虔诚时代，感到自己被遗弃的蕾奥诺莱就不会亵渎神明，已经战死的骑士夜里也不会来接她。毕尔格尔的蕾奥诺莱[①]则生活在一个宗教改革后已对信仰产生怀疑的时代，她的情人是去参加七年战争[②]的，为伏尔泰的朋友[③]夺取西里西亚。谢弗尔的蕾奥诺莱却不然，她生活在一个笃信天主教的世纪，那时节数十万人在一种宗教思想的激励下，给自己的外套缝上个红十字，以圣战者的姿态长途跋涉，前往东方，为的是夺回那儿的一座坟墓。真是个古怪的时代啊！不过我们这些人呢，我们不也是些十字军骑士？我们奋斗来奋斗去，到头来还不是只争得一座坟墓么？画上那个从高高的马上无限同情地俯视着悲哀的蕾奥诺莱的骑士，我们从他高贵的脸上，也看出了同样的想法。蕾奥诺莱把头靠着母亲的肩，俨然是一朵忧伤的花儿，它即将枯萎，但不会亵渎神明。谢弗尔的这幅画犹如一支优美和谐的乐曲；画上的色彩发出明快而忧伤的音调，宛如一首哀婉的春之歌。

谢弗尔的其他作品不值得一提。尽管如此，它们仍赢得了许多喝彩；而另一些不太出名的作者的更加优秀的画，却始终无人注意。大师的声名就起着这样的作用。王侯们的手指上只要戴个

[①] 指德国作家毕尔格尔（G. A. Bürger，1747—1794）的著名叙事长诗《蕾奥诺莱》的女主人公。

[②] 即1756至1763年的第三次西里西亚战争，实为在德国领土上进行的欧洲两大强国英法之间争夺世界霸权的战争。

[③] 指普鲁士国王弗里德里希二世，伏尔泰曾在他宫中做客。

波希米亚①的玻璃戒指,大家也会把它当作钻石;一个叫花子就算戴的是货真价实的钻戒,别人仍会讲那是块一文不值的玻璃。

上面这番议论使我自然想起了贺拉斯·维内。维内也没有完全用真正的钻石来装饰今年的画展大厅。他所展出的画中的佼佼者,是一个正准备刺杀霍洛费尔纳斯的友弟德②。她刚刚从霍洛费尔纳斯的卧榻上下来,是一个正当妙龄的窈窕少女。仓促中系在腰间的紫色长裙一直拖到了脚背上;她身上只穿着件淡黄色内衣,右边的袖子从肩膀上滑落下来,她正伸出左手把它拢上去,神态既温柔妩媚,同时又带着一股杀气;要知道她的右手,正握着一把弯刀冲酣睡的霍洛费尔纳斯砍去。她就这么站在那儿,一个具有魅力的形象,刚刚迈过处女的门槛,纯洁得完全像位女神,然而却已被尘世玷污,恰如遭到了亵渎的基督圣体。她的头秀气得出奇,可爱得可怕;她的卷发宛如一条条小蛇,但不是垂下来,而是竖上去,既可怖又迷人。她脸上微微有点阴影;在这个起了杀心的美人儿的高贵容颜中,渗流着甜蜜的野性,阴暗的娴雅,感伤的恼恨。尤其在她的眼中,更闪动着甜蜜的残忍和复仇的欲望的光芒;要知道她正要为自己被玷污的身体,向那个异教的丑八怪报仇了。事实上,这个人的确不怎么招人喜爱;但尽管如此,他看上去归根到底还是个bon enfant③。他在云雨之后睡得

---

① 波希米亚系捷克旧称。
② 犹太女英雄友弟德(也译犹迪,Judith)刺杀亚述统帅霍洛费尔纳斯(Holofernes)的故事出自天主教《圣经·旧约》的一卷次经。
③ 法语,意为"好孩子"。

如此安详、舒畅；他没准儿还在打鼾，或者如路易丝所说，睡得很响吧；他的嘴唇仍在吮动着，似乎还想接吻；他正躺在幸福的怀抱中，或者说幸福正躺在他的怀抱中；他让幸福，当然还有酒给陶醉了；死神此刻正要借最美丽的天使之手，送他进永恒毁灭的白夜中去，既不先经受痛苦，也不先患病。这是何等令人羡慕的结局啊！有朝一日我该死了，诸神哟，求你们也让我像赫罗弗尼斯一样地死吧！

是贺拉斯·维内在进行嘲弄么？他竟让一抹春阳的霞光射进来，照在酣睡者身上；而那盏彻夜长明的油灯，也行将熄灭了！

维内另外一幅画也引人注目，但主要原因不是像上一幅那样在于巧妙的构思，而在于大胆的笔法和设色。画的是当今的教皇①。你看这位天主的奴仆，他头戴三重金冠，身穿绣金白袍，坐在一把金交椅上，正由一群下人抬着在圣彼得大教堂中巡行。教皇本人尽管两颊绯红，看样子却很虚弱，在圣香的烟雾和伸到他头顶上的羽毛扇构成的白色背景前，他显得几乎是一个快死的人。可是教皇的坐椅的抬手们，一个个却是极有个性的彪形大汉，身穿大红号衣，漆黑的头发垂在褐色的脸上。观众只能看清他们中的三个，然而每一个都画得很出色。那些修士们也同样如此，只不过在前景上只能看见他们的脑袋，更确切地说，只能看见他们低着的、削去了很大一块毛发的后脑壳。但这幅画的一个特点，正是主要人物的微不足道和次要人物的喧宾夺主。画家轻

---

① 画上并非当时在位的教皇格利高里十六世，而是莱昂十二世。

而易举地就勾勒出了后面一类形象,这一点以及他们的着色,都令我想起保罗·维罗内塞①。所缺少的只是威尼斯的魅力,也就是说那种宛如运河里的波光似的色彩的诗意,尽管它仅存在于表面上,但具有奇妙的动人心魄的力量。

在大胆的造型和用色方面,贺拉斯·维内的第三幅画也博得了许多喝彩。画的是孔德、孔蒂和隆格维尔三位王子被拘捕的一幕②。地点是皇宫里的一道楼梯;被拘捕的三位王子奉奥地利代表昂涅斯之命刚刚交出佩剑,眼下正从楼梯上下来,几乎每一个人都保持着完整的形象。孔德是第一个,已走到最底下一级;他手捋着胡子在思索,而我们知道他正想些什么。从最顶上一级往下走的是一名军官,胁下夹着王子们交出的剑。画上自然地出现三组人物,三组人物又自然地构成一个整体。一个画家只有攀上极高的艺术之阶,才会产生这种"楼梯构思"。

在贺拉斯·维内那些不太出色的画中,有一幅画着卡米耶·德穆兰③,他正准备爬上宫里的一条长凳,向民众发表演说。他左手正从一棵树上扯下一片绿叶,右手握着一支手枪,可怜的卡米耶!你的勇气看来还不如这条长凳高吧;瞧你已打算停下

---

① 保罗·维罗内塞(Paolo Veronese,1528—1588),意大利威尼斯画派重要代表。
② 路易·孔德王子(Prince Louis Conde,1621—1686)是法国封建诸侯最后一次反对专制集权斗争的首领,1650年和弟弟孔蒂以及追随者隆格维尔一道被捕。
③ 卡米耶·德穆兰(Camille Desmoulins,1760—1794),法国大革命时的律师和宣传鼓动家,进攻巴士底狱的组织者,后因反对雅各宾专政措施而被罗伯斯庇尔处决。

来，在那儿左顾右盼。可是使革命者立于不败之地的咒语却是："前进！永远前进！"——一旦止步不前，他们就完蛋了，正如跟着丈夫的琴音往前走的欧里德刻，仅仅回头看了一眼阴曹地府的恐怖景象就此完蛋一样。可怜的卡米耶！可怜的小伙子！在你跳上板凳、用石块扔专制主义的窗户、搞一些"把他吊到路灯杆上去"①的恶作剧那会儿，尚处在自由愉快的少年时期；可后来的情形就很不愉快喽，革命的小毛头一个个已变得老气横秋，怒发冲冠；你听见身边响起了可怕的声音，而在你背后，吉隆特党人②的鬼魂正从冥府中向你发出呼唤，于是乎你便回头了。

  这幅画上的1789年时装相当有趣。扑了粉的假发，到髋部以下才向外隆起的妇女紧身裙，彩色条子花大礼服，马车夫穿的小领外套，并排挂在肚皮上的双股表链，甚至那种恐怖主义的大翻领坎肩，一切仍然历历在目。在今天的巴黎，这种坎肩重又在共和派的青年中流行起来，并且被叫作 gile tsàla Robespierre③。罗伯斯庇尔本人也出现在画中，并以讲究的穿戴和整饰的仪表而特别引人注目。的确，他经常把自己的外表打扮得闪闪发亮，就像砍头机上的利斧一样；而且，他的内心也一如砍头机上的利斧，坚决果断，铁面无私。不过，这种铁面无私并非冷酷无情，而是一种美德，尤尼乌斯·布鲁图斯式的美德；我们的心诅咒这样一种

---

① 在法国大革命中，民众常常发出要求把反动贵族吊到路灯杆上去的喊声。
② 吉隆特党（Girondins）是1791至1793年间法国国民议会中的右翼，代表大资产阶级利益，后被罗伯斯庇尔取缔。
③ 法语，意为"罗伯斯庇尔式的坎肩"。

美德，我们的理智却战栗着对它进行赞美。罗伯斯庇尔本人是特别钟爱他的同学卡米耶·德穆兰的；可是，当这位fanfaron de la liberté①过早地宣传宽恕，纵容危害国家的弱点的时候，罗伯斯庇尔就处决了他。在卡米耶的鲜血洒在格里夫广场的当儿，马克西米连·罗伯斯庇尔也许正独自一人在房里流泪哩。这样讲并非人云亦云。不久前一位朋友告诉我，法国国民议会议员布尔东·德·卢瓦斯曾经对他讲：有一次他走进"公安委员会"②的办公室，发现只有罗伯斯庇尔独自一人正出神地翻着他那些文件，一边还在伤伤心心地流泪。

至于贺拉斯·维内其他更没有意义的作品，我就略过不谈了。他是一位多才多艺的画家，什么题材都画，既画圣像，也画战争；既画静物，也画野兽；既画风景，也画肖像，可是全都很肤浅，近乎于招贴画。

下面且说德拉克洛瓦。在他展出的一幅画前，我总是看见站着一大堆人，因此我把它算在那些最受重视的作品之列。主题的神圣不允许对可能是失败的用色做任何严格的批判。就算技法有这样那样不足，画中却呼吸着一个伟大的思想，一股奇妙地迎面扑向我们的气息。画的是七月那些日子里的一群民众；他们中间特别引人注目的是一个年轻妇女，头戴一顶红色的雅各宾小帽，一只手握着把来复枪，另一只手擎着面三色旗，俨

---

① 法语，意为"自由的吹牛家"。
② "公安委员会"是法国大革命时期的最高权力机构。

然如一位寓言中的人物。她踏着尸体向前走,同时在号召人们投入战斗,她的上身直至腰部全赤裸着,露出了健美强壮的躯体;她的脸勇敢地侧着,神情粗鲁而沉痛;她的模样是妓女、女商贩和自由女神的奇异混合。不好完全断言她就是被画成了自由女神;她那形象看上去,倒不如说是摆脱了枷锁的野性的民众力量的化身还好些。我不能不承认,这个形象令我想起那些逍遥派的女哲人①,想起那些每晚在大马路上游荡的快速诱惑能手。我承认,那个站在这位街头美神身旁、两手各握着一支手枪的扫烟囱的小爱神,他身上的污迹也许并不仅仅是烟垢而已;那个躺在地上已经死去的进先贤祠②的候补者,他昨天晚上也许还在做回头戏票③买卖来着;那个提着枪向前猛冲的英雄,他脸上还留有苦役犯的印记,丑陋的外套肯定还散发着重罪法庭的气息——可是,无论怎么样,一个伟大的思想却使这些普普通通的人,这帮贱民变得高尚和神圣起来,唤醒了沉睡在他们心灵中的尊严。

　　巴黎的神圣的七月呵!你将永远为人类天赋的高尚品德提供证据;这种品德是永远也不会被完全破坏的。谁经历过你的那些日子,他就不会再到古老的坟头上去哭天喊地,而是满怀喜悦,相信各民族一定会获得新生。神圣的七月呵!你的太阳是何等的美,巴黎的民众是何等的伟大!天上的众神目睹了这场伟大的战

---

① 指街头妓女。
② 巴黎供奉烈士和其他名人的寺院。
③ 指中途离场后再进场时用的票。

斗！然而他们生性嫉妒、胆小，临了儿又担心人类会长得太高大、太完美，因此就企图借他们那恭顺的祭司之手，"把闪光的变黑，把崇高的拖进尘埃中去"①；因此他们就制造了那个比利时暴乱，制造了一个德·波特式的动物杰作②。这一来，便用不着再担心自由之树会长上天去喽。

在整个展览会上，没有哪幅画像德拉克洛瓦画的"七月革命"那样褪色褪得厉害。然而，正好因为缺少光泽，正好因为那像灰色的蜘蛛网似的笼罩着人们的硝烟和尘雾，那像被太阳烤干了似的、焦渴得哪怕能喝上一滴水也好的色彩，这一切才使画面显得真实、地道、自然，使观众在上面看见了七月天的本来面貌。

在观众中不乏当时的战斗参加者，或者至少是目击者。他们都对这幅画赞不绝口。"Matin!"③一个杂货店老板嚷道，"这些Gamins④打起仗来真跟巨人一样哩！"一个年轻妇女指出，画上还该有个技术学校的学生⑤；在展出的其他许多描写"七月革命"的画中，总共在40幅以上吧，都可以看见这个学生啊。

"爸爸！"一个小女孩，一个小查理党徒⑥嚷起来，"这个戴

---

① 此处系模仿席勒《奥里昂姑娘》一剧中的诗句。
② 指1830年的比利时革命；此处是用荷兰画家保罗·波特（Paulus Potter，1625—1654）的动物画影射比利时不彻底的革命，因为这次革命的领袖路易·德·波特与画家保罗·波特是本家。
③ 法语，意为"好家伙！乖乖！"
④ 法语，意为"野小子"。
⑤ 指在"七月革命"中表现英勇的巴黎技术大学的学生。
⑥ 人们对"七月革命"中被推翻的查理十世的拥护者的称呼。

红帽子的脏女人是谁呀？"

"还用问么，"高贵的爸爸莞尔一笑，讥讽道，"亲爱的孩子，还用问么，这种人与纯洁的百合花压根儿沾不上边。她是个自由女神[①]呗。"

"爸爸，你瞧她连内衣也不穿一件呐！"

"一个地道的自由女神总是没有内衣穿，亲爱的孩子，所以才对一切有雪白的衬衣穿的人恨得要命嘛。"

说完，此人把他的袖头扯下来盖住自己长长的无所事事的双手，转而对他旁边一个人道："主教大人！要是今天共和党人得逞，使国民卫队在圣德尼门枪杀了一个老婆子的话，那么他们就会抬着她神圣的遗体游行，于是乎老百姓又闹起来，我们又要碰上一场新的革命啦。"

"Tant mieux！"[②]那位主教大人悄声回答；他生得瘦削，衣服领子扣得严严实实；和今日巴黎的所有教士一样，由于害怕公众的嘲弄，没准儿还因为心里有鬼吧，他也用世俗的衣服进行了乔装，"Tant mieux，侯爵！让他们多多作恶吧，恶贯满盈必遭报应！革命会再次吞食掉发动它的人，特别是那班妄自尊大的银行家，感谢上帝，这些家伙如今不是自己毁了自己么？"

"不错，主教大人，他们想要à tout prix[③]除掉我们，因为我们的沙龙不接待这些家伙。"七月革命"的秘密就在于：他们把钱

[①] 此处指妓女。
[②] 法语，意为"那更好"。
[③] 法语，意为"不惜任何代价"。

分给了住在郊区的穷鬼,厂主们都放了工人的假,酒店老板也被收买了,好让他们免费供应烧酒,并且给酒里下药,使那班暴民喝过以后更加狂热,et du reste, ce était le soleil![1]"

  侯爵也许说得不错:太阳乃是罪魁。加上七月里骄阳似火,巴黎人一听自由受到了威胁,他们的心就被太阳烤得燃烧起来了。于是巴黎民众便奋起进攻腐朽的巴士底狱,反对那几道敕令[2]。太阳和巴黎城真是心心相印,相亲相爱。傍晚,落日在坠入海中之前,它的目光还久久流连在美丽的巴黎城上空,并用自己的余晖,亲吻它城楼上的一面面三色旗。有位法国诗人不无道理地建议以举行一次象征性的婚礼来庆祝七月的节日,就像古代威尼斯国王每年都要登上一艘金色的艨艟大舰,为威尼斯和亚德里亚海举行婚配一样,每年也应在巴士底广场上为巴黎城和它的自由与幸福的星辰,为它和伟大的、熊熊燃烧的太阳,举行婚礼。卡齐米尔·佩里埃[3]却不满意这门亲事,他害怕新婚之夜会闹得乒乒乓乓,砸烂许多坛坛罐罐[4];他害怕这样的结合过于火热,充其量只同意巴黎城跟太阳结个露水姻缘。

---

  [1] 法语,意为"此外还有那个太阳在作怪"。
  [2] 1830年7月26日,查理十世颁布废除言论自由和实施新选举法的敕令。这件事成了"七月革命"的导火线。
  [3] 卡齐米尔·佩里埃(Casimir Périer,1777—1832),法国保守政治家,一度任路易·菲利普的首相。
  [4] 按西俗,新婚之夜也如我国似的要闹洞房,并摔碎一些器皿,使之发出响亮的声音,以求吉利。

瞧我，竟忘了自己只是一个为展览会写报道的人。言归正传，我现在该提到一位引起普遍注意、同时我自己也十分喜爱的画家。他的作品对于我说来，就像是自己内心的声音所引起的五彩缤纷的回声，或者说，他那些使我感到亲近的色彩的音调，在我的心中产生了奇妙的回响。

这位对我产生如此巨大魅力的画家名字叫德冈。可惜他最出色的作品之一《狗医院》我压根儿未曾见到。我去参观时它已被撤走了。他另外还有几件杰作也被我错过啦。因为在它们同样被撤走之前，我没能从那大量的展品中发现它们。可是一当看见他的一幅小画，我就对其用色和风格的朴实大为惊异，立刻认识到德冈是位伟大的画家。画上只有一幢土耳其房屋，白色的，高高的房屋，这儿那儿开着一扇小圆窗，窗内有时有一张土耳其人的脸向外张望；房子下面是一片水，白粉墙映在水里，倒影呈粉红色，宁静如同仙境。我后来听说，德冈到过土耳其，这使我大为惊异的色调并非纯属他的创造，而是生活的真实；在他的东方题材画中，这种真实通过朴实无华的色彩得到了表现。此特点在他的《夜巡队》中尤为显著。我们在这幅画里看见了伟大的哈迪-拜——士麦拿城的警察首脑，他正带领着兵丁们巡视城市。他挺着大肚皮，高高坐在马上，威风凛凛，盛气凌人，脑袋上缠着条大白头巾，使一张蠢脸显得更加阴沉；他手里握着那条赋予他随意鞭打人家脚掌的权力的权杖；在他身边，quand même[①]奔跑着

---

① 法语，意为"不顾一切地"。

几个奴才，一个个跑得屁滚尿流，腿儿都又瘦又短，长相全跟畜生似的，有的像猫，有的像山羊，有的像猢狲，其中一位老兄的脸更是用狗嘴、猪眼、驴耳与牛犊的微笑和兔子的恐惧镶拼起来的。他们手中胡乱攥着些武器，长矛、火枪，枪托都冲着天，此外还有执法的工具：一杆标枪和一捆竹条子。由于一行人经过的房子都呈粉白色，地上又是土黄土黄的，便产生了一种奇特的效果，恍如在中国的皮影戏中，你看见在明亮的背景和明亮的面幕之间，有一群花花绿绿的人影匆匆跑过。其时暮色尚明，那些细瘦的人腿马腿投下稀奇古怪的影子，更增添了迷离神秘的效果。加之奴才们跑的样子又那么滑稽，一蹦一跳地，煞是罕见；还有那马也是甩开四蹄没命地驰骋，使你说不清楚它究竟是用肚子贴着地面在爬，还是四蹄腾空在飞——这一切，正好大受此间某些批评家的指摘，什么不自然了呀，跟漫画差不多了呀。

法兰西也有自己的常设美术评论家，他们依照成规定法，对每一件新作评头品足；法兰西也有自己的鉴定权威，他们在各个画室中嗅来嗅去，每当人家搔到他们的奇癖的痒处时，便发出一点点赞许的微笑。这些先生自然不放过机会，对德冈的画进行判决。一位就每次画展都要出版一本小册子的雅尔先生，甚至在《费加罗》报上补写了一篇文章，对上述那幅画大肆进行攻击。他貌似谦虚地承认：他只是个靠理性的概念进行判断的人，而德冈的这幅画，他可怜的理性却无法看出是一件杰作，像某些不仅仅用理性来看的浮夸者所认为的那样。他还自以为这么讲是对德冈那幅画的赞赏者的嘲弄哩。只有可怜巴巴的一点儿理性的可怜的无赖呵！他不知道，他对自己下的判决太正确啦！在评定艺术作品时，可怜的理性确确实实从来不配当首席发言人；同样，在创作艺术作品时，可怜的理性也起不了最主要的作用。艺术作品的思想升华自感情；而为实现此目的，感情便求助于想象。想象随之便把自己的万千花卉撒给它，几乎把思想埋了起来，要是这时理性不一瘸一拐地赶来把多余的花朵推到一边，或者用闪闪发光的枝条剪把它们剪去一些的话，思想就会给埋得要死不活的啦。理性只负责维持秩序，也就是当艺术王国中的警察。在日常生活中，它往往是一架把我们的蠢行一件一件加起来的冷冰冰的计数器。唉！它有时只是个清点破产资财的会计师，善于冷静地计算出我们破碎的心灵的亏空。

评论家们的一大错误常常在于提出"艺术家该做什么"这个问题。如果提出：艺术家想做什么？或者甚至于：艺术家不得不做什么？这样的问题也许正确得多。"艺术家该做什么？"这个问题是由那些艺术哲学家提出来的，他们自己并无文艺创作，却把不同艺术作品的特征抽象化，根据现有的东西为将来的一切确定规范，区分门类，想出定义和法则。他们不了解，所有这样的条条框框，充其量只能用以品评那班专以模仿为能事的人；任何一位有个性的艺术家，尤其是任何一个新的艺术天才，都只能按他自己特殊的、与生俱来的美学标准加以评价。清规戒律之类更加不适用于这种杰出的艺术家。正如门采尔[①]所说，对于年轻的

[①] 指德国绘画大师阿道夫·冯·门采尔（Adolph von Menzel，1815—1905）。

巨人不存在任何剑法，因为他们一动手你用任何姿势也休想招架住。对每个天才都必须进行研究，都只能以他想干什么来评判他。这儿需要回答的问题只是：他有没有掌握表现自己思想的手段？他是否使用了正确的手段？这样做才算脚踏实地。我们不再以主观的愿望去框别人的形象，而是努力理解艺术家在体现自己的思想时所拥有的天赋的手段。在表演艺术中，这手段是音调和语言；在造型艺术中，这手段是色彩和形象。音调和语言也好，色彩和形象也好，总而言之，一切可以感知的东西，通通都只是思想的象征；一当艺术家的心灵被神圣的世界精神所打动，这种象征便会从他心中涌现出来；而他的艺术作品，也仅仅是他向其他心灵传递思想的象征罢了。谁用最少和最简单的象征表达出最多和最深刻的思想，谁就是最伟大的艺术家。

不过我觉得，艺术家用以表达思想的象征除其内在的含义以外，如果同时本身还能愉悦人的感官，正如扎成"色拉姆"①的鲜花，它除去具有隐秘的含义以外，本身也是鲜艳的、可爱的，并且扎成了很好看的一束，那么，这样的象征就配得到最高的奖赏。然而，这样的表里协调可能吗？艺术家在选择和捆扎那些神秘的鲜花时，能完全随心所欲吗？或者他只是在选和扎他不得不选、不得不扎的花朵？对这个神秘的不自由的问题，我做肯定的回答。艺术家恰是那位患梦游病的聪明的公主，她满怀深情，夜

---

① 所谓"色拉姆"，是土耳其禁宫中人们用以传情达意的信物，多半用鲜花或水果一类东西扎成。

里在巴格达的花园中采摘奇花异卉,扎成一个"色拉姆";可是等她醒来,自己却一点也记不得这个"色拉姆"的含义是什么啦。清晨,她坐在深宫中,望着这夜里扎成的鲜花想来想去,就像追忆一个忘却了的美梦似的,最后终于还是送给了她心爱的哈里发。传递花束的肥胖的太监大饱眼福,虽然压根儿不明白这些漂亮的花朵的含义。可是哈鲁姆·阿里-拉希德①,这位穆斯林的主宰,这位先知的继承人,这位所罗门王的戒指②的拥有者,他却马上明白了这美丽花束的意义,高兴得心都快跳出来啦。他于是吻遍每一朵鲜花,笑起来,眼泪禁不住流到了长长的胡子上。

本人不是先知的继承者,也没有所罗门王的戒指,更没长一脸长长的胡须;可尽管这样,我还是可以说,对于德冈从东方给我们带来的那束美丽的"色拉姆",我比所有的太监,包括他们的大总管,包括那位在艺术禁宫中传递"色拉姆"的大权威在内,仍然要理解得清楚一些。这班阉割过的行家们,他们的唠唠叨叨简直叫我受不了,尤其是他们的那些老生常谈,那些对年轻艺术家的"好意忠告",以及开口闭口"皈依自然"呀,"可爱的自然"呀什么的,更是讨厌透了。

在艺术中我是个超自然主义者。我相信,艺术家在自然中并不能找到他的所有典型。那作为他固有思想之固有象征的最有意义的典型,似乎只能在他的心灵中得到显示。一位写过一本《意

---

① 哈鲁姆·阿里-拉希德(Harun al-Rashid,763—809),巴格达国王。
② 相传所罗门王曾拥有一枚赋予他支配人和神鬼之力的戒指。

大利研究》的现代美学家①，他企图把模仿自然这个老教条重新鼓吹起来，说什么造型艺术家必须从自然中找到自己所有的原型。这位美学家在提出造型艺术的最高准则时，竟没想到此类艺术中最古老的一种即建筑艺术。而今有人异想天开，要到森林的叶顶和岩石的洞窟里去追溯出建筑艺术的原型；岂知它们当初显然并非首先是从这里边发现的。建筑艺术的原型不存在于外界，而存在于人的心灵中。

对那位说德冈的画有失自然，指摘他那哈迪-拜的马甩蹄子和兵丁们奔跑的方式不自然的批评者，画家可以心安理得地回答，他的画完全是童话般真实地、按照自己在梦中的内心观察画出来的。事实上，在明亮的背景上画阴暗的人物，本身便已产生梦幻的效果，他们看上去像脱离了地面，因此就要求以某种不那么质感的手法，某种寓意似的更轻松的手法进行处理。此外，德国画中的人物身上混合着动物的特征和人的特征，又是一个需要以非常的方式加以表现的主意；在这种混合中，本身就包含着希腊人和罗马人善于用无数畸形的形象来表现的古老的幽默感，例如，在赫鸠娄尼恩城②的墙上和希腊神话中的山林神和马身人首怪等雕像中，我们就能欣赏到这样的形象。至于近乎漫画的攻击，也无损于画家；因为作品本身十分协调，宛如一首用色彩谱

---

① 指德国人卡尔·弗里德里希·冯·鲁摩尔（Carl Friedrich von Rumohr，1785—1843），他的《意大利研究》出版于1827年。

② 赫鸠娄尼恩（Herculaneum）是意大利古城，公元79年8月24日与庞贝古城一同被维苏威火山爆发后的熔岩埋了起来，18世纪后在旧址发掘出大量古建筑。

成的美妙乐曲，尽管调子滑稽，却和谐而富于色彩的魅力。漫画家呢，就很少是设色大师，原因正是那种注定他们会偏爱漫画的心灵的破裂。设色的高超艺术原本只能产生于油画家的心中，受他们感情的和谐所制约。在伦敦的国家画廊，我看见荷加斯[①]的原作上只有些刺目的彩色斑点，就像一伙暴徒似的乱糟糟地挤在一起，大吵大嚷。

我忘了提到，在德冈的画上还有几个年轻妇女，几个没戴面纱的希腊女郎。她们坐在窗前，看着那支滑稽可笑的队伍飞奔过去。她们的娴静和美丽与这支队伍形成了异常有趣的对比。她们并未微笑；那位骑在马上的莽汉以及跑在旁边的狗一般驯顺的兵丁们，她们已经司空见惯；这样一来，我们就更加真切地感到自己已到了那个专制主义的故国。

只有一位画家同时身为自由之邦的公民，他才能以轻松愉快的心情画这样一幅画。设若不是法国人，而是另外一个国家的公民，他就会涂上一些更强烈、更悲惨的色彩，他会添进去一点儿柏林的天青色，或者至少是一些像胆汁似的绿色，弄来弄去便把嘲讽的基调给破坏了。

为了不老被这幅画拖着脱不开身，我赶紧谈谈另一幅作者署名为勒索尔的画吧。这幅画以它惊人的真实感和富丽的朴实单纯吸引着每一个人。谁从它面前走过都会一怔。目录上标明的画题

[①] 荷加斯（William Hogarth，1697—1764），英国画家和铜刻家。现实主义的先驱，作品富于社会批判意义。

叫《生病的哥哥》。一间寒碜的阁楼，一张寒碜的床铺，铺上躺着个病恹恹的男孩；他用哀哀祈求的目光，望着一个钉在光秃秃的墙上的耶稣受难十字架；十字架是木头的，刻工极为粗糙。在他脚边，坐着另一个男孩，目光低垂，忧心忡忡，一副难过的模样儿。他的小上衣和小裤子倒也干净，然而补丁重着补丁，而且补上去的布都粗极了。床上的黄色被盖和家具，或者说家具的稀少，表明了可怕的贫穷。处理的手法和题材配合得恰到好处，令人首先想起穆里略[1]的乞儿画来。清晰的影子，有力的、坚决的、严谨的勾线，颜料不是匆匆忙忙刮上去的，而是冷静果断地画上的，调子低沉异常，可是却不阴郁——这整个处理手法，正是莎士比亚所谓的：the modesty of nature[2]。加之周围全是些配着精美画框的色彩耀眼之作，只有这张画的镀金框子又旧又黑，与画的题材和处理手法十分协调，它因此更加显眼。如此表里如一并同整个环境形成鲜明对照，给每个观众都留下了深刻而悲凉的印象，使他心中充满说不出的同情；每当我们离开欢聚的灯火辉煌的大厅，遽然来到黑暗的街道上，被一个衣衫褴褛的同类唤住，听见他向我们啼饥号寒的当儿，我们便会被这样的同情心攫住。这张画寥寥几笔，表达的思想却很多，在我们心中引起的感慨就更多。

施内茨是个众所周知的名字。但我提到他，却不如提到刚

---

[1] 穆里略（Murillo，1617或1618—1682），西班牙画家，巴洛克派大师，擅长宗教画、肖像画和风俗画。

[2] 英语，意为"自然的谦逊"。语出《哈姆雷特》。

才那个迄今在艺术界还默默无闻的名字时高兴。也许艺术爱好者们已经见过施内茨一些更优秀的作品吧，竟给予他如此之多的称赞。考虑到这个情况，我在自己的报道中便不得不留给他一席之地。他画得也好，但按我的观点，却并非一个好画家。在今年的展览会上，他有一幅大油画，画的是一群意大利农民跪在圣母像前，祈求圣母显灵，有些细节画得很出色，尤其是一个患痉挛症的小男孩更是如此。画上处处显示出高超的技巧，但整个说来，这幅作品与其说是画的，不如说是拼凑出来的，人物被说教似的一个个安插进了场景里，缺少内在的深刻性、独创性和统一性。为了说出一点点意思，便费了许多笔墨；而后来所说出来的，一部分又已多余。一位大画家，有时固然也不免像个平庸的画师似的有败笔，但永远不会有多余之笔。一位平庸画家的雄心壮志自然也值得钦敬，但他的创作成果却很令人扫兴。同样，一个展翅高飞的天才，他要飞得安全保险才能令我们感到愉快；我们只有越对他翅膀的力量有信心，才越能分享他高飞的喜悦，只有这样，我们的心灵才会跟随他直上艺术的九霄，达到无比纯净的太阳的高度。反之，那些在剧场中飞来飞去的天才则不然；我们看见他们是被绳子扯上去的，无时无刻不担心他们会摔下来，对他们的高高在上，就只剩下提心吊胆地瞅着的分儿啦。我不想断言施内茨悬在上面的那根绳子是否太细，抑或他的天分是否太沉；我只能讲，我的心没有升高，相反倒往下掉了。

在构图和选择题材方面，有位画家与施内茨存在相似之处，因而常常和他相提并论；但是在今年的画展中，这位画家不仅飞得比施内茨高,而且也超过了除去少数例外的所有艺术同行,因此在授奖会上荣获荣誉团骑士十字勋章,作为公众对他的褒奖。这位画家的名字叫罗培尔。"他是个历史画家呢,还是风俗画家?"我听见德国的行会师傅们问。可惜呀,我在这里不能回避这个问题,必须把这两个含糊不清的术语弄明白一点,以便一劳永逸地防止种种极大的误解产生。这种历史画和风俗画的区分法足以把人头脑弄糊涂,以为它乃是那些参加建造巴比伦之塔①的艺术家们的发明。其实哩,它出现的时期要晚得多。在美术发展的最初阶段只有历史画,即那种圣经故事画。后来,人们却不仅仅把取材于《圣经》和传说,也把取材于世俗现代历史和异教神话故事的画,通通明确地称之为历史画,以区别于那种描写日常生活的绘画。这种画首先兴起于尼德兰。因为在那儿,新教精神摒弃了天主教和神话的题材,或许可以说从来就既没有画这类题材的原型,也没有人能理解它们,然而同时却生活着许许多多训练有素、希望施展才能的画家,以及许许多多喜欢买画的艺术爱好者。于是便出现了各式各样画日常生活的作品,也即后来所谓的"风俗画"。

许多画家把市民阶层琐屑生活的幽默描绘得很有意思,然而遗憾的是他们的主要注意力仍放在技巧方面。但是对于我们来说,这些画还是具有历史价值的:因为一当我们看见米里斯、涅

---

① 指尼布甲尼撒(Nebuchadnezzar Ⅱ,公元前604—前562)统治时期在巴比伦地方所建的高塔,号称世界七大奇迹之一。

彻尔、扬·斯迪恩、范·乌多和范·得尔·维尔夫[①]等人的漂亮的画，他们那个时代的精神便奇妙地展现在我们面前，我们的目光正如人们说的那样射进了16世纪的窗口，看到了人们的活动和衣着。谈到衣着，尼德兰的画家们是够得天独厚的了，农民们的服装已非不堪入画；市民阶级的男人服装更是既有尼德兰的舒适，又有西班牙的华丽；至于妇女们的穿戴打扮，简直就综合了全世界的创造发明，五光十色，外加上国产的冷淡。例如，先生们身穿勃艮第绒大褂，头戴彩色骑士便帽，口里衔着根陶土烟斗；太太们的穿戴更包括用威尼斯锦缎缝的闪闪发光的拖地长裙，布鲁塞尔花边，非洲鸵鸟毛，俄国皮货，西东混合式的拖鞋，加上怀中再抱一把安达鲁西亚[②]曼陀林或一只埃达姆[③]种的棕色卷毛小狗；此外还有在旁侍立的小摩尔人，土耳其地毯，几只彩色鹦鹉，异国的花卉，镂着阿拉伯花纹图案的大型金银器皿等，这些给荷兰的平庸生活甚至抹上了一层东方的神话色彩。

当艺术经过长时期沉睡，在我们这个时代又苏醒过来时，画家们都为找不到恰当的素材而大为尴尬。欧洲的大多数画家对于圣经故事和神话题材的兴趣已全然消失，甚至在天主教国家也不例外；然而要表现现代历史和日常生活呢，时人的穿着似乎又太不堪入画。我们摩登的燕尾服的确俗不可耐，在画中充其量只能逗逗笑而已。具有与我相同看法的画家们于是环顾四周，搜寻

---

① 均为17世纪的荷兰画家，下文中的16世纪为作者笔误。
② 安达鲁西亚，西班牙南部地名。
③ 埃达姆，荷兰城市名。

可以入画的服饰。这便促进了人们对较早的历史题材的喜爱。我们在德国也有一个大画派，他们自然并不缺少才分，但始终努力在给具有现代感情的现代人穿上天主教的封建中世纪的服装，穿上道袍和甲胄。另一些画家则尝试走另一条路：他们选择那些尚未被外来文明夺去民族特性和传统服装的民族作为描绘对象。因此，在慕尼黑画家们的作品中，我们看见的常常是奥地利提罗尔山区的场面。这地方离他们很近，居民的服装比我们那班时髦的纨绔子弟们的还要漂亮些。出于同样的原因，也产生了那种描写意大利民间生活的作品；这种生活对大多数画家来说同样很近，要知道他们都去过罗马，见过他们那艺术家的心灵所向往的理想大自然，古老高贵的人种，以及华美的衣饰。

　　罗培尔生为法国人[①]，青年时代做过铜版画师，后来在罗马生活了多年；他在今年的展览会上展出的几幅作品，就属于上文提到的那个画种，即意大利民间生活画。"原来是个风俗画家啊。"我听见行会师傅们又在嘀咕；同时，我认识的一个女历史画家已在对他嗤之以鼻。可是，我不同意这样称呼他，因为在古老的意义上，目前已不再有所谓历史画。设若人们企图用这个名字去称呼一切有深刻思想的画，然后又在那儿无休止地争论每一幅画有无思想，那就太没意义啦。这种争论到头来能够得到的，只是一个名词而已。但如果把它用在最自然的意义上，即用来指表现世界历史的作品，那么历史画这个名称也许就完全适合于说明当前

[①] 罗培尔出生在瑞士法语区。

正蓬勃发展的一个画种的特征。在德拉罗希的杰作中，已经可以看出这个画种的繁荣。

不过在专门谈他之前，还是让我再对罗培尔的画说几句吧。我已经提到，那全是些意大利民间生活画；这些画把意大利这个国家的可爱之处，淋漓尽致地为我们表现出来了。古代曾经是意大利的装饰的艺术，如今成了人们游览它壮丽国土的向导；画家笔下会说话的色彩，为我们提示了它最隐秘的魅力，使一个古老的奇迹复活了。这个曾经用武器和语言征服过我们的国家，如今又用它的美"奴役"着我们。是啊，意大利将永远是我们的主宰，像罗培尔这样的画家，他们把我们重新锁在罗马的脚下。

如果我没弄错的话，我们已在石印画上见过罗培尔这次展出的那幅《笛子》。此画画的是一些圣诞节时从阿尔巴尼亚山区到罗马来的吹笛人，在圣母马利亚像前奏乐，仿佛想献给圣母一只神圣的小夜曲。作品的用色不如构图好，恰似一张上了色的铜刻，给人一种生硬、沉闷和纤柔的印象。但尽管如此，它仍然激动人心，使你恍如听见那些阿尔巴尼亚山区牧民吹奏出来的淳朴而虔诚的音乐。

罗培尔的另一幅画并不如此单纯，而是也许更深刻些。我们在画中看见一具按意大利风俗没有遮盖起来的尸体，正由慈悲为怀的修士们抬到墓地上去。修士们全身裹在黑袍里，头上的黑色尖顶帽仅开了两个视孔，两道目光从孔中阴森森地射出来，就像一队幽灵似的向前走去。在前景中的一条长凳上，面对观众，坐着死者的父亲、母亲和年幼的弟弟。老父亲穿着寒酸，悲不自胜，低着脑袋，紧握双手，坐在老伴和小儿子中间。他默默无语。要知道在这个世界上，没有任何事情比父亲看见儿子横死在自己前头更可悲的了。面色灰黄的母亲，看样子在绝望地号哭。小儿子是个可怜的傻小子，手里捧着一块面包，本来很想吃，但莫名其妙地也受了悲痛情绪的感染，因而一口也咽不下去；他那副神气看上去就更凄惨了。死者似乎是长子，是家庭的依靠和骄傲，是大厦的顶梁柱；只见他躺在灵榇上，年纪轻轻，眉目清秀，甚至还带着笑意呢。结果，在这幅画上，生便显得那么阴郁、丑恶、可悲，死却无比地美好、优雅、甚至还在微笑。

这位把死变得如此美好的崇高的画家，他也有本领把生描绘得更加美好得多。他那幅伟大杰作《割草人》，无异于一首生活的赞美诗；看着它，人就会忘记还有地狱存在，甚至也会怀疑还能有什么地方会比人间更光明、更美好。"地上即是天国，人类已成神道。"这便是画中神圣光辉的色彩给我们的伟大启示。巴黎的观众更乐于接受这部画出来的《福音》，而不屑于要圣路加[①]带给世人的那部。而今，巴黎人对《路加福音》甚至讨厌极啦。

在罗培尔的画上，我们看见一片意大利灿烂夕照下的罗玛尼雅[②]荒原。画中央是一辆农家马车，由两头被沉甸甸的铁链拴在前面的大水牛拉着，车上坐着农夫的一家老小，正准备让车停下来的样子。车右边的麦捆旁坐着几个刈麦的农妇，刚干完活儿正

---

① 圣路加（St. Luke）相传为《圣经》中的第三部《路加福音》和《使徒行传》的作者。

② 罗玛尼雅是上意大利的一个地区。

在休息，旁边一个风笛手已吹奏起来，另一个快活的小伙子则和着乐声跳舞，跳得恰在兴头上，使人仿佛听见了他们吹奏的曲调和唱出的歌词：

Damigella, tutla bella,

Versa, versa il bel vino!①

从左边走来一些抱着麦捆的妇女，个个年轻健美，就像一朵朵鲜花包裹在麦穗中；从同一边还走来两个年轻刈麦手，一个垂着脑袋瓜，步履踉跄，颇似纵欲后疲乏不堪的样子，另一个则举着镰刀，欢蹦乱跳。在拉车的两头水牛中间，站着个胸膛黑黑的壮小伙子，好像只是个长工，立在那儿就打起盹儿来了。在车上的一边，一个软软的草铺上躺着祖父，一位慈祥而衰弱的老头儿，可尽管如此，说不定他仍在精神上驾驭着这辆家庭的大车；在另一边，我们则看见他的儿子，一位沉着果敢的男子汉，他架着腿坐在牛背上，手中握着鞭子——统治者的一目了然的标记；往上看，在车顶上几乎是高不可攀的地方，站着这汉子年轻漂亮的老婆，怀中抱着婴儿，恰像一朵盛开的玫瑰拥着颗花蕾似的；在玫瑰花身边，站着个同样青春貌美的小伙子，看样子显然是汉子的弟弟，正在用杆子把车篷撑起来。我听说这幅画正在制版，说不定下个月便会有它的铜刻画到德国来，所以不再赘述。但

---

① 歌词大意：最最美丽的小姑娘，快快把美酒来斟上！

是，一幅铜刻画也和任何描述一样，是传达不出这画特有的魅力的。这种魅力存在于色彩之中。画上的人物形象全都比背景暗，但在天空的反光映照下，变得那么灵动，那么神奇，本身就像在发出灿烂明亮的闪光，而同时所有的轮廓又十分清晰。有几个人物仿佛是肖像画，可是画家并未用他某些同行那种愚蠢诚实的方法去摹写自然，把人物的面孔原封不动地画下来，而是像一位富有才智的朋友所说的那样，罗培尔把自然提供给他的形象先吸收进了心中。正如在幸福地升入天国之前，灵魂们在炼狱中不会丧失他们自己，而只会失去他们的躯壳一样，这些形象也要先在艺术家炽烈燃烧的心灵深处，经受炼狱一般的熬炼净化，然后才能升华到艺术的天国中去。在那儿同样存在着永生和永恒的美，在那儿维纳斯和马利亚永远也不会失去崇拜者，在那儿罗密欧与朱丽叶永远不会死，在那儿海伦永葆青春，在那儿赫库芭[①]最低限度不会变得老一些。

从罗培尔的画的设色，可以看出他钻研过拉斐尔。他那具有建筑艺术美的人物组合，同样使人想起这位大师。还有某些单个形象，特别是那个怀抱婴儿的母亲，也颇像拉斐尔画中的人物，确切地讲像他早期作品中的人物，其时他虽然还非常忠实于佩鲁吉诺[②]严格的典范，但在模仿时已将其变得美妙柔和了。

在此我并不想把罗培尔与天主教世纪最伟大的画家相提并

---

① 希腊神话中特罗亚国王普里亚莫斯的第二个妻子。
② 彼得罗·佩鲁吉诺（Pietro Perugino，1446—1523），意大利画家，拉斐尔的老师。

论，但是我也不得不承认他们之间的亲缘关系。不过这只是一种物质的、形式的亲缘关系，而非精神上的至亲。拉斐尔是被天主教逼得走投无路了的；这种宗教主张精神对物质、天堂对尘世进行斗争，力图压制物质，把物质的每一个反抗都称为罪孽，希望把有把握得到的精神享受，即把天堂中的欢乐吹得无比美妙；相反，眼前这种教义要使人类在尘世上就获得幸福，把感官世界和精神世界看得同样神圣，"因为一切存在的东西都是神"。所以，罗培尔的刈麦工们不仅是没有罪孽的，而且他们压根儿就不知道什么罪孽；他们在尘世上的日常劳作便是祈祷，他们虽不动嘴唇，却一直在祈祷；他们没有天堂，却获得了幸福；他们不贡献牺牲，却已得到宽恕；他们不一再地进涤罪所，却干干净净，周身圣洁。因此，如果说在基督教的画上，只有被看作是精神之所在的脑袋才绕着一圈灵光，以象征这地方的神圣的话，那么，在罗培尔的画上，我们看见物质也是神圣的，因为这里的所有人，身体和脑袋一样，全都笼罩在天上的反光中，恰似围绕着一圈灵光。

天主教在法兰西不仅已经死灭，而且像在德国那样对艺术起残余影响也不可能；在信奉新教的德国，天主教却通过那种对任何过时的事物都恋恋不舍的文艺，又借尸还魂了。也许地球变成了精神，或者说得更清楚一些，为了天国而牺牲了尘世。罗培尔则不然，他属于一个天主教信仰已经死灭的民族。因为，顺便说一句，宪法①上的所谓"天主教为大多数人的宗教"这一措辞，

---

① 指1814年通过的"宪法"。这部"宪法"是法国王朝复辟时期的法律基础。

只不过是人们向Notre-Dame de Paris①献的法国式的殷勤而已；反过来，这位圣母也同样报之以礼，把象征自由的三种颜色②做了自己头上的装饰——好一个双重的伪善！为了对此表示抗议，粗野的民众最近捣毁了教堂，把圣像都请进塞纳河去学游泳，也闹得有点太不像话啦。罗培尔是法国人，他和自己的大多数同胞一样，不自觉地信仰一种尚不曾昭示出来的教义。这种教义压根儿不理会精神向物质作斗争的那一套，也不禁止人们在尘世上，在法国人心中，暗暗藏着一股持久不消的怨恨，使他们讨厌天主教的传统吧；与此同时，他们对历史上所有其他事物，却产生了强烈的兴趣。我这个论断，可以用一个事实证明；反之，此一事实，又正好可用我的上述论断解释清楚。这事实就是：在今年的画展上，以基督教历史故事为题材的作品，不论《旧约》也好，《新约》也好，传统也好，传说也好，加在一起都那么少，以至于世俗题材画的某些小类数量都多得多，而且质量也的确高一些。根据仔细计算，在目录中列出的三千件画中，我仅发现了二十九幅被称为圣画的那种作品，而与此同时，单单是画瓦尔特·司各特小说中的场面的展品，就已超过三十件。讲了这一席话，我想如果在谈法国绘画时，我再就其最自然的意义来使用"历史画"和"历史画派"这两个词，大概就完全不会被误解了吧。

这个画派的领袖叫德拉罗希。这位画家偏爱的并非过去的时

---

① 法语，意为"巴黎的圣母"，常专指巴黎圣母院。
② 指1789年法国大革命后成为法国国旗的三色旗上的三种颜色：蓝、白、红。

代本身，而是爱好描绘它，使它的精神形象化；爱好用色彩书写历史。在绝大部分法国画家身上，都表现出同样的倾向；今年的画展充斥着历史题材的作品，德维里阿、斯图伯和让阿诺①是几位最值得称赞的作者的名字。

伟大的历史画家德拉罗希为今年的展览会提供了四件作品。两件涉及法国历史，两件涉及英国历史。前两件同样尺寸很小，几乎是所谓的私人珍藏画，而且人物众多，精美异常。第一幅画的是大主教黎希留②，"这个病得快死的人乘船从塔拉斯贡城沿罗纳河而上，用缚在自己船后的一条小船载着散克·马尔斯和德·朱③，以便亲自押他俩去里昂斩首"。两条船一前一后，构图是不艺术的；但尽管这样，却处理得很巧妙。着色很明亮，甚至是耀眼的，因此人物形象几乎像飘浮在一片金光闪闪的晚霞中，这把三位主人公即将去迎接的命运，反衬得更加可悲。两个青春妙龄的小伙子，正被带赴刑场，而且是被一个垂死的老人带赴刑场。不管这两条船装饰得何等五彩缤纷，终归还是驶向死神的黑

---

① 德维里阿（Eugène François Marie Joseph Devéria，1805—1865）、斯图伯（Steuber，1768—1856），法国历史画家，德拉罗希的追随者。阿尔弗雷德·让阿诺（Alfred Johannot，1800—1837）和托尼·让阿诺（Tony Johannot，1803—1852）兄弟俩都是画家兼雕刻家。

② 黎希留（Richelieu，1585—1642），路易八世时的首相，当政期间把法国变成了中央集权的君主国。

③ 散克-马尔斯（Cinq-Mars，1620—1642）和德·朱（de Thou，1607—1642）是密谋反黎希留的首领，前者为路易八世的宠信。黎希留迫使国王说出了他们的名字，并处死了他们。

暗王国。熠熠如金的晚霞，只是诀别的亲吻；时已黄昏，太阳很快也将落下去了；它最多只能再给大地涂上一抹血红的余晖，然后黑夜便会笼罩一切。

与此并列的一幅历史画，同样色彩鲜明，同样富于悲剧意义。画的也是一位奄奄一息的主教兼首相——马扎林[①]。他躺在一张色彩鲜艳的华丽卧榻上，周围是一些穿戴得五光十色的内侍和宫女，一个个快快活活，聊天的聊天，玩牌的玩牌，散步的散步，全是些珠光宝气的多余的人；对于一个垂死者来说，更是百分之百的多余。投石党时代的漂亮服装，还未曾推翻后来路易十四时那些金流苏、刺绣、饰带和花边；到了路易十四的豪华年代，最后几名骑士也摇身一变，跟经常出入内廷的宠信一般地时髦起来，正如古代的战刀也慢慢变得纤巧，临了儿蜕化为调情用的佩剑了。这幅画上的服饰还算朴素，上衣和短袄都还使人想起贵族最初所干的打仗的营生，帽子上的羽毛也还硬挺挺的，没有完全随宫廷的风向摆动。男子的头发还自然卷曲地披散在肩上，夫人们还留着可喜的塞维涅[②]发式。只是夫人们的穿着，已显示出向后一时期那种乏味的、远远向四周隆起的拖地长裙过渡的倾向。不过胸衣倒还朴素秀气，雪白的诱惑泉涌般从里边露出

---

① 马扎林（Mazarin，1602—1661），路易十四年幼时的首相，黎希留政策的继承者。

② 塞维涅（Madame de Sevigné，1626—1696），法国著名女作家。她的发式曾流行一时。

来,宛如丰收之角①中的花朵。画上净是些漂亮的仕女,净是些漂亮的宫廷假面具:脸上带着含情脉脉的微笑,肚子里没准儿充满了怨气;嘴唇纯洁得像朵鲜花,后面的舌头却如毒蛇般阴险。在病人的卧榻左首,坐着三位这样的美人儿,挤眉弄眼,窃窃私语;一旁有个耳顺眼尖的教士,正伸着长鼻子在偷听。右前方坐着三名骑士和一位夫人,他们在打扑克,看样子玩的是"雇佣兵",一种挺不错的玩法,我本人在哥廷根②时也十分喜欢玩的,而且有一次还赢了六个银币。一位身披绣着个红十字的暗紫色绒斗篷的大臣站在房间中央,还弓着身子毕恭毕敬地行礼。在画的右侧,有两位夫人和一名修士在一块儿散步。他把一张纸——没准儿是他自制的一首十四行诗吧——递给那位,同时眼睛却瞟着这位。这位夫人也使劲儿摇着扇儿,借助空气频频发出爱情的信息。两位夫人都是百里挑一的美女,一位如朝霞中吐露芬芳的玫瑰,一位如暮空里频送秋波的明星。在画的背景上,坐着一群同样在交头接耳的宫人,她们也许在传播着国家要人的各种各样隐私,或者在打赌,猜马扎林在一个钟头后是否已经死去。这个人看上去确实已快完蛋:脸色苍白,目光散乱,鼻子尖得叫人担心;在他心中,那股被我们称为生命的痛苦的火苗儿行将熄灭,他的体内会又暗又冷,死神的翅膀业已碰着他的额头啦——此刻,一个玩扑克的美女却向他转过身去,把手中的牌给他看,显

---

① 传说中幸福女神盛礼物之羊角,象征丰收。
② 德国城市,海涅曾在这里上大学。

然是在问他她是否应该以自己的Coeur①当作王牌。

德拉罗希另外两幅作品画的是英国历史人物，跟真人一般大小，构图简单一些。一幅画着那两位关在托威尔城堡②里的王子，理查三世正派人去杀死他们。年轻的王位继承人和他的弟弟③坐在一张老古董床上，他们的小狗却朝着牢门跑去，一边似乎汪汪叫着，报告凶手来了。年轻的国王还是个乳气未消的小毛头，形象感人极了。斯泰恩体会得很正确：身为国王而遭囚禁，这件事想起来就很可悲；加之这儿这位成了阶下囚的国王几乎还是个天真无邪的娃娃，却已无可奈何地落进了阴险的凶手手中。他尽管年纪轻轻，看样子倒已受过许多苦，在带着病容的苍白的脸上，已显露出悲剧的崇高。他那双穿着长长的蓝色绒制喙形尖鞋的脚从床边耷拉下来，连地也沾不着，更给人一个横遭摧折的花朵的颓唐印象。这一切说来异常简单，但效果倍加强烈。唉！尤其使我感动的是，我在这位不幸的王子脸上发现了那对可爱的朋友的眼睛，它们曾经常常对我微笑，并且和另一对更加可爱的眼睛乃是近亲④。每当我站在德拉罗希这幅画前，我总回忆起我曾在高贵的波兰的一座美丽宫殿中，站在我那朋友的画像前，和他温柔的

---

① 扑克牌中的"红心"。
② 托威尔是伦敦的一座城堡，建于13世纪，初为王宫，15世纪改作国家监狱。
③ 理查三世（Richard Ⅲ，1452—1485）在1483年7月6日被加冕为英国国王。据传几天后，他就派人杀死了他的侄儿，王位的合法继承人爱德华五世（1470—1483）和他的弟弟理查（1472—1483）。
④ 指波兰人叶甫根尼·封·布勒萨及其胞姐，1822年海涅住在他家中。

姊姊一边谈着他,一边偷偷地把他的眼睛和她的眼睛进行比较。我们还谈到画那张画的画家,他已经死了。唉!人们怎么会溘然死去,一个接着一个——我亲爱的朋友而今自己也已作古,被枪杀在华沙的郊区布拉卡;他美貌的姊姊的一双明眸同样已经闭上,她的宫殿已经化作灰烬。每当我想到不只我们的亲爱的人这么快地便从世界上溘然长逝,就连那些我们曾与他们一起生活过的地方如今也已无影无踪,仿佛什么也没有存在过,仿佛一切都只是春梦一场,我心中便感到寂寞、害怕。

然而,德拉罗希那一幅描绘英国历史上另一幕的油画,在我心中引起的感情还更沉痛得多。这是那出可怕的悲剧①中的一个场面;这出剧翻译成法语以后,在运河两边赢得了无数的眼泪,并且也大大震动了德国的观众。在画上我们看见剧中的两位主角,一位已是躺在棺木中的尸体,一位却生气勃勃,正揭开棺盖,看那已经死去的敌人。或者他们也许并非主人公本身,而只是两位演员,由世界的导演分配了角色,因而不自觉地在扮演一出两种原则相互斗争的悲剧吧?我在这儿不想把它们的名称说出来,这两种敌对的原则,这两个伟大的思想,它俩没准儿在造物主胸中就已经开始搏斗,如今在面前的画上,我们看见它们仍对峙着,一个头断血流,以查理·斯图亚特为替身;一个趾高气扬,以奥利维·克伦威尔为替身。

---

① 指1649年英国大革命。在革命中国王查理一世(Charles I,1600—1649)被砍了头,克伦威尔(Oliver Cromwell,1599—1658)宣告资产阶级共和国的诞生。

在白金汉宫一个光线晦暝的大厅里，在几把深红绒面的椅子上，摆着砍了脑袋的国王的棺木；棺前站着一个男子，正用沉稳有力的手揭起棺盖，观看里面的尸体。这个男子独自站在那儿，身体粗壮，姿态随便，一脸农民的憨厚与诚实。他穿着一套普通士兵制服，跟清教徒似的毫无装饰：一领拖得很长的深褐色绒坎肩，下面露出黄皮上衣；马靴的筒子高得把上面的黑裤子几乎全遮住了；胸前横着条肮脏的黄皮带，皮带上挂着把带钟形护手的佩剑；深色的头发剪得短短的，上面盖着顶插了根红色羽毛的黑卷边帽；在翻着的小白领子底下，还露出一角甲胄；两手戴着脏乎乎的黄皮手套，一只手提着根短短的撑木，靠在剑柄旁边，另一只手正在掀棺木的盖子，国王就躺在其中。

死人一般都有一种共通的表情，使在他们旁边的活人看上去显得渺小；因为，在高贵的心平气和与高贵的冷漠这两点上，他们总是超过活人的。这一点人们都有所感觉，所以每当路上有死人抬过，即使他是个最贫贱的补破衣服的裁缝吧，卫兵们也要立正行持枪礼，以示对死亡这个人生的最高阶段的尊敬。所以不难理解，与国王比较起来，奥利维·克伦威尔的地位是何等不利。你看这位国王，他刚刚为信仰而忍受牺牲，因此变得崇高了；他刚刚遭受了巨大的不幸，因此显得神圣；他脖子上带着珍贵的紫痕，他苍白的嘴唇上留着悲剧缪斯的亲吻，那个粗鄙的、活生生的清教徒形象与他一比，竟显得何等渺小呵。就拿穿着来说吧，那悬殊也触目惊心：棺木中是华丽的绿缎枕头，雪白耀眼、饰着布拉邦特①花边的精致考究的尸衣,样样都闪烁着那业已衰亡的荣华富贵的余晖。

　　画家在此仅仅寥寥几笔,就道出了何等巨大的世界悲痛啊!你瞧他躺在那儿,那赫赫王权的遗骸,昔日人类的安慰和精华,它已流尽了最后一滴血。英格兰的生命从此就苍白而暗淡;过去曾以最明快的色彩装点它的文艺,也吓得逃离了这片国土。当我有一次半夜从白金汉宫黑灯瞎火的窗下走过,当我读着英国潮湿阴冷的散文而浑身起鸡皮疙瘩,我都深深地有这个感觉!可是,在我最近第一次途经路易十六丧命的那个可怕广场时,为什么我却毫无同样的感受呢?我想,也许因为这后一位死时已不再是国王,他在掉脑袋之前,已先把王冠丢啦。查理国王却不同,他是王冠连脑袋一块儿丢的。他保持了对这顶王冠的信念,对自己的绝对权威的信念:他为之进行了斗争,像位骑士一样勇敢地、漂亮地进行了斗争;他死时是高傲的,不承认法庭有审判他的权力,他是"君权神授"这一信仰的真正殉道者。那个可怜的波旁②却不配获得这个荣誉,他的头已经被一顶雅各宾小帽给亵渎了。他不再相信自己,他确信他的法官们的审判权,他唯有口口声声地喊冤叫屈而已;而按照市民阶级的标准,他确实很有德行,在家庭中是一位和蔼的、胖胖的父亲;他的死与其说带有悲剧的性质,不如说带有感伤的性质,容易让人想起拉芳丹的家庭

---

① 一个盛产名贵花边的比利时省份。
② 指法国国王路易十六(Louis XVI,1754—1793)。

小说来啊——让我们为路易·卡佩①洒一滴眼泪,给查理·斯图亚特却戴上一顶桂冠吧!

"一桩外国罪行的无耻翻版。"——夏多布里昂子爵②曾用这句话说明有一年1月21日发生在协和广场那个可悲的事件。他建议在出事现场建一座喷泉,让清水从一个黑色大理石水池中喷出来,冲洗掉……"你们知道我指什么。"他伤心而神秘地补充道。路易十六的死简直成了仪仗队中一匹披红挂彩的骏马,高贵的子爵老是骑着它得意扬扬地遛来遛去;他把"圣路易③之子升天"这件事早已利用得够啦;他那痛不欲生的精彩朗诵、义愤填膺的夸张表演,恰恰证明他一丁点儿也不真正伤心。最令人讨厌的是,他的话在圣日耳曼区④某些人心中引起了共鸣,那儿的某些老流亡者小集团仍在装模作样,唉声叹气,为路易十六的死呼天抢地地哭泣,仿佛他们是他真正的亲人,仿佛他是属于他们的,仿佛他们享有追悼他的特权。其实呢,这个死是全世界的不幸,最低贱的短工和推勒里宫最高贵的掌礼大臣都同样受了影响,每一个有感情的人心中都充满无尽的苦闷。瞧,这世袭的家族特权有多了不起!它不能再剥夺我们的欢乐,却立刻又剥夺了我们悲

---

① 卡佩(Capet)是路易十六的平民称呼。
② 夏多布里昂(Chateaubriand,1768—1848),贵族出身,法国浪漫主义作家和政治活动家,波旁王朝死心塌地的拥护者。
③ 指路易九世(Louis IX,1214—1270),1226年起为法国国王,1297年被宣布为"圣者"。
④ 巴黎的显贵聚居地。

哀的权利。

也许是时候了。一方面，应该要求给予民众以表示这种悲哀的权利，这样嘛，才能使民众不相信别人的话，以为国王不属于他们，而属于少数贵人，只有少数贵人才有权把王室的每一个不幸当作自由的不幸去哭哭啼啼；另一方面，应该把这些悲痛大声讲出来，须知眼下又出了一些冰一般精明的忧国之士，一些醉心于理智的清醒的人，他们急欲用自己合乎逻辑的胡说八道，从我们心灵深处唤起对于古老神秘的王室权威的敬畏。再说，造成这种悲痛的不明不白的原因，我们怎么也不能说是"翻版"，更不能称之为"罪行"，尤其不能骂它是"无耻的"；我们把它称为上帝的安排。否则，我们不是在把人们抬得高高的同时，又把他们贬得很低很低了么？要知道他们既要有巨人般的伟力，又要犯罪成性，才能随心所欲地砍掉那个人的脑袋，使夏多布里昂有了用黑水池中喷出来的水去冲洗血迹的机会啊。

真的，如果考虑一下当时的情况，搜集搜集活到今天的那些目击者的话语，你就会发现，在路易十六之死这件事上，人的自由意志所起的作用是微乎其微的。有些本来反对处死他的人，一登上讲台就说出相反的话来，就被对政治形势的绝望搞得晕头转向啦。吉隆特党人感到他们同时宣判了自己的死刑。有些在当时发表的演说，只起了自我麻醉的作用。西哀耶神甫[①]是被那些讨厌的废话搞得不耐烦了，才干脆同意了死刑，走下讲台来对他

---

① 西哀耶神甫（Sieyès，1748—1836），法国国民议会议员。

的一个朋友说："我同意了死刑，没说废话。"心怀叵测的诽谤者却滥用他私下的表示，硬说这位好好先生在议会讲台上说过"la mort sans phrase"①这句可怕的话。后来，这话还印在所有的教科书上，给学童们念得烂熟了。所有的人都告诉我，在1月21日那天，整个巴黎笼罩着一片惊惶和悲哀的气氛，就连最狂热的雅各宾党人，似乎也情绪低落，很不高兴。我经常雇的那个马车夫，一位老长裤党人，他对我讲，当他看见国王被处死的时候，他的心情"就像自己被锯掉一只手"似的难过。他还补充说："我的胃也疼起来了，结果一整天都吃不下饭。"他还说："老否决"②看上去很不平静，似乎打算反抗的样子。无论如何可以肯定，他死得不像查理一世那样有派头；查理一世先沉着冷静地发表了一长篇抗议演说，头脑是如此清醒，竟一再地请求站在周围的贵族们别碰行刑的斧头，以免锋刃变得钝起来。白金汉宫那位神秘的蒙面刽子手，比起露着脸的桑松③来，也同样显得更可怕更有诗意。国王和刽子手都扯下了最后的假面具，这出戏就太平淡无奇喽。路易没准儿也会发表一篇冗长的、充满基督精神的辩护词吧，要是他没有一开口就被鼓声打断，叫人几乎完全听不见他的申诉。至于所谓"升天了"的庄严宣告——夏多布里昂之流一直把它诠释成："圣路易之子，升天去吧！"其实在断头台上压根儿就没

---

① 法语，意为"干脆处死。"
② 巴黎人给路易十六取的绰号，因为他常使用1791年宪法赋予他的否决权，阻挠国民议会通过决议。
③ 桑松（Sanson，1739—1806），巴黎有名的刽子手。

进行；再说，这样一句话硬塞进老好的埃德热沃[①]口中，也完全不合他讲求实际的庸庸碌碌的个性。这话只是一名叫查理·希斯的记者的杜撰，他当天就把它印了出来。与我类似的更正自然是毫无用处的，这句话同样已印在所有的教科书上，早已让小学生背得烂熟了。不过，尽管如此，可怜的小学生们还是必须牢记，这句话从来没有说过。

不可否认，德拉罗希通过他参加展览的作品，有意识地要求既在查理一世和路易十六之间，也在克伦威尔和拿破仑之间，经常进行历史的对比。可是我要讲，如果把他们相提并论，对他们双方都是不公平的。因为，拿破仑始终也没背那么严重的血债（处决昂吉安公爵[②]只算一次谋杀）；克伦威尔反过来又不曾堕落为革命的逆子，竟让一个教士为自己行涂油礼，立自己为皇帝，并厚着脸皮去和帝王们头戴王冠的亲属攀亲邀宠。[③]前者生命中的污点是块油迹，后者生命中的污点是块血迹。不错，他俩心里都暗暗感到内疚。波拿巴本来可以成为欧洲的华盛顿，结果只成了欧洲的拿破仑；他身上穿着皇帝的紫袍一直不舒服，自由就像个被弑杀的母亲的幽灵似的追逐着他，他到处都能听见她的声音，甚至在夜里，自由母亲也吓得他推开用婚姻换来的合法地拥抱他的手臂，跳下床来，随后人家就看见他在推勒里宫灯火通明的大

---

① 埃德热沃（Henry Essex Edgeworth，1745—1807），路易十六的忏悔神甫。

② 昂吉安公爵（Herzog von Enghien，1772—1804）被拿破仑误认为是反对他的阴谋的后台，因此遭处决。

③ 影射拿破仑1810年与奥地利公主玛丽·路易丝结婚，和哈布斯堡王朝拉关系。

厅里奔来奔去，大吵大嚷，暴跳如雷。可第二天清晨，他面色苍白、疲惫不堪地走进国务会议，却抱怨起"意识形态，还是意识形态，十分讨厌的意识形态"来；看见这光景，科维扎尔①连连摇头。

如果克伦威尔同样睡不着，夜里也胆战心惊地在白金汉宫中跑来跑去的话，那么，并非如某些虔诚的骑士所说，是由于有个浑身血淋淋的国王的幽灵在追逐他，而是担心那些活的复仇者的暗算。他害怕的是敌人实实在在的匕首，因此坎肩底下总穿着甲胄，而且还越来越多疑，到后来那本叫《杀死不等于谋杀》的小册子②出版时，克伦威尔就再也没有笑容啦。

在执政③与皇帝之间实在找不出多少相似之处来；可是把斯图亚特家族和波旁王室的错误以及两国的复辟时期比较一下，收获却会大得多。我们看到了一部几乎完全相同的覆灭史。今日的法国新王朝，也具有当年英国一样的近似合法性。在耶稣会的前厅里，也已经在锻造和当年同样的神圣武器；这个唯一能带给人类以幸福的教会，又为了那位"神童"④在唉声叹气，在施展阴谋；一切都已齐备，单等这位法国王位的觊觎者像当年英国王位的觊觎者一样，从国外回来了。回来就回来吧！我预

---

① 科维扎尔（Corvisart，1755—1821），拿破仑的御医。
② 指1657年出版的 *Killing No Murder* 一书。它的作者名叫威廉·艾伦。
③ 执政是克伦威尔在英国革命成功后的头衔。
④ 指查理十世的孙子尚博伯爵（Comte de Chambord，1820—1883），他被认为是王位的合法继承人，被支持者尊为亨利五世，誉为"神童"。

言他只会有与扫罗①相反的命运;扫罗去找他父亲的驴子,结果找到了一顶王冠;年轻的亨利到巴黎来找王冠,结果只会找到他父亲的驴子。

观众在欣赏德拉罗希的画时最经常考虑的是:克伦威尔在死查理的棺旁想些什么。历史对这一场面有两种不同的记载:一说克伦威尔是夜里在火把的照耀下,让人开了棺盖,然后久久站立,身体僵直,面孔歪扭,恰似一尊哑巴石像;一说他是白天亲手揭开棺盖,冷静地端详着棺中的尸体,说了这么一句话:"一个挺壮实的汉子,本来可以长寿的啊。"依我看,德拉罗希是按后一种较有民主精神的传说构思的。在克伦威尔脸上,根本没有诧异、吃惊或其他激动表情;相反,使观众为之一震的,是此人面孔上那种可怕的、惊人的冷静。他站在那儿,坚如磐石,稳如大地。"像事实一般铁面无私",不激昂却威严,自然得古怪,平凡得出奇,既令人讨厌又具有魅力,他在那儿观赏着自己的工作成果,恰似一位伐木人观赏一株自己刚砍倒的橡树。他沉着冷静地砍倒了这株伟大的橡树,这株曾经骄傲地把自己的枝叶伸展在英格兰和苏格兰上空的大树,这株橡树之王;在它的荫庇下,一代一代美丽的人们茁壮成长;在它的荫庇下,文艺的精灵们曾跳过最愉快的舞蹈——克伦威尔用那把该死的斧头,冷静沉着地砍倒了它,它如今躺在地上,枝叶仍然那么碧绿,王冠却已破

---

① 扫罗(Saul,约公元前1030—前1010),以色列的第一个国王。他的事迹见《圣经·旧约》。

碎——该死的斧头!

"先生,您不认为断头机是一项伟大的改革吗?"我端详着德拉罗希画中的查理脖子上的伤痕,心中油然产生了写在上面的那些忧伤的感想,这当儿一个站在我背后的不列颠人,叽里呱啦地冲我讲起话来,把我的情绪全破坏啦。那伤痕显得太血红刺眼,棺盖也画走了样,活像个提琴匣子。除去这些,此画就杰出极了,具备着梵·戴克的细腻和伦勃朗对阴影处理的大胆;它特别令我想起伦勃朗伟大的历史画中那些共和派战士的形象,想起我在阿姆斯特丹特里本霍斯①见过的那幅《夜巡队》。

德拉罗希和自己的大多数同行一样,风格整个说来都最接近法兰德斯画派②;不同的只是法兰西的温文尔雅使题材的处理更轻盈精巧,法兰西的华丽时髦也很可爱地从画面上透露了出来。我因此想称德拉罗希是一位文雅华丽的尼德兰派画家。

也许在另一篇文章中,我将报道在德拉罗希的克伦威尔前常常可以听见的那些对话。没有任何其他地方可以提供更好的机会,让人倾听民众的感想和社会的舆论。这幅画挂在展览会一进门的大厅中,旁边挂着与罗培尔的思想同样深刻的杰作,正好起着调和与安慰的作用。确实,如果说这个士兵一样粗鲁的清教徒形象,这个手提国王脑袋的"割头人",他从黑暗的背景中突现出来,使观众大为震惊,重又煽动了他们心中的全部政治激情的

---

① 特里本霍斯是阿姆斯特丹的著名画廊。
② 即尼德兰画派。

话,那么,他们一见另外那些刈麦人,那些抱着他们美好的劳动果实回来庆祝爱情与和平的丰收、在明朗的阳光下幸福生活的人们,心情却马上又会平静下来[①]。在第一幅画前,我们感觉现实的伟大斗争似乎还未结束,我们脚下的大地似乎尚在颤抖;我们听见那行将撕裂世界的风暴在咆哮;我们看见那贪婪地把血的河流吸进去的深渊张着大口,心中顿时产生对世界末日到来的恐惧。可是在另一方面,我们看见大地仍安安静静、平平稳稳地躺着,仍结满累累的金色的硕果,尽管曾发生过古罗马的世界大悲剧,曾有形形色色的角斗士和帝王、罪恶和大象践踏过它的身体。在第一幅上,我们看见了这样一部历史:它像个傻瓜似的在血和污泥中打滚,常常几个世纪几个世纪地痴站着不动,随后又突然跳起来,横冲乱撞——这就是我们所说的世界的历史。可是,在第二幅上,我们却看见另一部更加伟大的历史,它在一辆牛拉的大车上已有足够的位置。这是一部无始无终的历史,一部不断地重演,平凡得如大海、如天空、如一年的四季的历史;这是一部神圣的历史,诗人描绘它,每个人心中都珍藏着它。这是人类的历史!

  的确,把罗培尔的画放在德拉罗希的画旁边展出,有着良好的作用,治疗的作用。有时候,我看克伦威尔看久了,完全对它着了迷,耳畔仿佛就听见了他的思想,听见了他那夹杂着英格兰方言的话语,粗鲁、急促、嘟嘟囔囔,像大海在远方咆哮,像海燕在长空哀啼;这当儿,旁边那幅画的宁静的魅力又对我发出神

[①] 在德语里,割头人和刈麦人是同一个词。

秘的召唤，我仿佛又听见了朗朗的笑声，听见了罗马女神口中甜蜜的南部方言托斯坎纳语，顿时便心平气和，满怀欣喜。

啊！在这世界历史的嘈杂扰攘上，确实非常需要宁静、和谐、美妙的人类历史来抚慰我们的心。此刻，我们听见门外这难听的声音，这吵得人神经错乱的声音比任何时候都响亮，比任何时候都更震耳欲聋：战鼓在怒吼，战刀响叮当，一片愤怒的人潮，带着疯狂的痛苦和诅咒，卷过巴黎的大街小巷，呼喊着："华沙陷落了①！我们的先锋阵亡了！打倒大臣们！向俄国人宣战！消灭普鲁士人！"——我很难再待在写字台前，继续写我可怜的报道，把我和平的画展评论文章作完。可是，我要走上街头，人家一定会认出我是普鲁士人，某个七月英雄便会砸破我的脑瓜，我的所有艺术思维于是乎也就被压碎啦；要不，我本来就在流血的心所在的左边胸膛便会挨一刺刀，没准儿还会被抓进拘留所，当作外国捣乱分子关起来。

在那一片喧嚷声中，我脑子里的所有思想和形象都扰乱了。德拉克洛瓦的自由女神迎面走来，完全换了一副模样，充满野性的目光中几乎带着恐惧。维内的教皇画起了神秘变化：那个基督的年老体衰的代理人一下子变得年轻、健壮，微笑着从他的椅子上站了起来；他那些强悍的轿夫似乎都张开嘴巴，齐声唱着："Te Deum laudamus！②"还有死查理也换了一张完全不同的脸，我仔

---

① 1831年9月俄国沙皇的军队攻占华沙，血腥镇压波兰人民起义。
② 拉丁语，意为"上帝我们赞美你！"

细一瞧，黑色的棺木中躺着的已不是国王，而是被谋害的波兰；同时站在棺前的也不再是克伦威尔，而是俄国沙皇①，雍容华贵，仪态威严，就跟我几年前在柏林看见他在皇宫的阳台上吻普鲁士国王②的手时一样。当时，三千在场瞧热闹的柏林市民山呼万岁，而我心里却暗想："主啊，保佑我们大家吧！我可知道那句萨马喜阿③谚语：当你想砍掉这只手时，你先得吻吻它……"

啊！我真希望普鲁士国王当时能让他再吻吻左手，并趁此机会用右手拔出剑来，照他的职责和良心所要求的那样对付祖国的这个死敌。霍亨索伦家族④既然狂妄地在北方以帝国首脑自居，那它也必须维护帝国边陲的安全，使其不受步步进逼的俄国的侵犯。俄罗斯是个勇敢的民族，我很愿意尊敬它，爱它；可是，自从华沙陷落，这最后一道把我们和他们分隔开来的墙垣倒塌以后，他们就太靠近我们的心脏，我因此也害怕起来了。

我怕俄国沙皇现在又来访问我们，真来了就轮到我们吻他的手啦——主呵，保佑我们大家吧！

主呵，保佑我们大家吧！我们的最后一道城垣已经坍塌，自由女神死了，我们的朋友们已倒卧尘沙，罗马的大教士正阴险地冷笑着离开宝座，得胜的贵族阶级站立在民众的棺木前，好不扬扬得意啊。

---

① 指镇压波兰人民起义的刽子手尼古拉一世（Nicholas Ⅰ，1796—1855）。
② 指普鲁士国王弗里德里希·威廉三世（Friedrich Wilhelm Ⅲ，1770—1840）。
③ 萨马喜阿是古斯拉夫民族的称呼。
④ 即普鲁士王室。

我听说，德拉罗希眼下正在画一幅与他的《克伦威尔》配对的画——《拿破仑在圣赫勒拿岛》；他选取的场面，正是哈得森·娄爵士[①]从这位民主的伟大代表尸体上揭开被盖来的一瞬间。

言归正传，我在这篇报道里原本还应称赞几个颇有才干的画家；然而事与愿违，我眼下已不可能再平心静气地分析他们的成就，外面吵得实在太厉害啦。风暴已经在我心中引起回响，我的思绪不可能再集中。何况在巴黎，就在所谓平静的日子里吧，人也很难对大街上的事情漠不关心，只沉湎在一己的梦中。艺术在这儿即使比别的任何地方都繁荣，我们在享受它时仍时时受到生活的噪声的干扰；啼饥号寒之声破坏了我们欣赏帕斯塔和玛里布朗[②]最甜美的歌喉；我们因刚啜饮过罗培尔的五色醇醪而迷醉了的心，一见民众的悲惨处境顿时又清醒过来了。人要想心安理得地欣赏艺术，几乎就只有像歌德一般的自私才行；否则，你哪怕只写点美术评论也会感到很困难，对此我眼下真算深有体会。昨天，我到大马路上去逛了一趟，正好看见一个脸色像死尸似的苍白的穷人给饿得倒下了；可是，尽管如此，我回家后仍能继续写我的报道。然而今天，当整个民族一下子倒在欧洲的大马路上，我就再也不能安安心心地写下去了。评论家的眼睛已经让泪水模糊，他的论断就再没有多少价值了。

[①] 哈得森·娄爵士（Sir Hudson Lowe，1769—1844）是圣赫勒拿岛的总督，负责看管被放逐在该岛的拿破仑。

[②] 帕斯塔（Giuditta Pasta，1797—1865），意大利歌剧女演员；玛里布朗（Malibran，1808—1836），法国女歌剧演员。两人在19世纪二三十年代享盛名于巴黎。

难怪当代的艺术家要对社会的分裂和争斗发出抱怨。他们说，绘画从哪方面讲，需要的都是和平的橄榄枝。成天战战兢兢地在听是否又有战鼓响起的心灵，显然顾不上欣赏优美的音乐。眼下听歌剧的人都形同聋子，看芭蕾舞的人都有眼无珠，心不在焉。"这统统得怪该死的'七月革命'啊。"艺术家们叹息说。他们诅咒自由和讨厌政治，说是政治把一切都吞掉了，弄得人们压根儿不再理会他们这些艺术家。

我们说——但我几乎不能相信——人们在柏林已几乎不再谈论戏剧，而且英国《早晨纪事》报在昨天报道下院通过选举法改革提案时顺便提到，劳巴赫①博士目前住在巴登-巴登②，并成天为自己的艺术天分被埋没而抱怨时代。

我无疑是劳巴赫博士的热烈崇拜者，每当上演《中学生笑剧》，或者《七个穿军装的少女》，或者《工匠节》③，或者他写的其他某个戏时，我总是要去看的。可是我不能否认，比起劳巴赫及其艺术天分的被埋没来，华沙的陷落使我感到的苦恼要多得多。华沙哟，华沙！即使给我千千万万个劳巴赫，我也不愿牺牲你啊！

我曾预言，那个在歌德的摇篮边开始，将在他的灵柩旁终

---

① 劳巴赫（E. Raupach，1784—1852），德国剧作家，作品数量很多，内容却陈腐平庸。
② 德国著名温泉疗养地。
③ 这三个剧实际上是路易·昂热里（Louis Angely，1787—1835）的作品。

结的艺术时代行将结束,我这预言看来接近应验啦[①]。当今的艺术必然没落,因为它的原则还植根在那个已死去的古老政体中,植根在神圣罗马帝国的往昔中。所以,它也像这个往昔的所有凋萎的残余一样,处于与现实最令人不快的矛盾里。对于艺术来说,有害的是这种矛盾,而不是时代的运动本身;相反,时代的运动甚至应该促进艺术的繁荣,像当年的雅典和佛罗伦萨,艺术正是在最激烈的战争和竞争中,开出了自己最绚丽的花朵。自然,那些古希腊和佛罗伦萨的艺术家,他们不是过一种自私的、与世隔绝的艺术生活,只顾悠哉游哉地作诗,丝毫不关心时代的巨大痛苦与欢乐;相反,他们的作品只是他们那个时代的梦想的反映,而且作者本身是些好汉子,个性之强一如其创造力。菲狄亚斯[②]和米开朗琪罗就像他们的作品一样,都是用整块的石料雕刻成的;正如他们的雕像配得上古希腊和天主教的庙堂,这两位艺术家也和他们的环境相处得极为和谐。他们没让自己的艺术脱离现时的政治,没凭个人一点可怜巴巴的激情进行创作,自欺欺人,抓住什么题材便满足于什么题材。埃斯库罗斯[③]把《波斯人》写得非常真实,因为他就实实在在地在马拉松城和他们打过仗;但丁也并非像个遵命诗人似的关着门写出了

[①] 海涅此文写于1831年,当时歌德还健在。歌德是1832年逝世的。
[②] 菲狄亚斯(Pheidias,公元前5世纪),古希腊雕刻家。
[③] 埃斯库罗斯(Aischylos,公元前525—前456),古希腊悲剧作家,代表作为《被缚的普罗米修斯》。

他的《神曲》，而是作为一亡命的贵尔弗党人①完成了这一杰作，而且，他在被放逐和战乱中抱怨的不是自己天分的被埋没，而是自由的沦丧。

再说，新的时代也将产生一种新的艺术，一种与时代本身协调一致的艺术。这种艺术不再从死亡的往昔借用象征，而必须甚至创造出一套迥异于传统的技法来。在这之前，就让种种自我陶醉的、狂放不羁的、无法无天的艺术个性统统有声有色地表现出来吧；这到底比那种没有生气的冒牌古典艺术要有益一些。

或者，艺术和世界本身，都注定要可悲地完蛋了么？当前欧洲文学表现出来的精神化倾向，或许就是一种临近死亡的征兆吧？这就像人在弥留之际眼睛突然一亮，会从苍白的嘴唇间吐露出一些极不可思议的秘密来似的。要不，是白发苍苍的欧洲将返老还童了么？那艺术家和作家的朦朦胧胧的精神化倾向，或许不是垂死者神秘的回光返照，而是再生者可怕的预感，一个新的春天诞生前的阵痛吧？

本年度的画展，通过它的一些展品去除了那种不祥的死的恐惧，宣示了更美好的希望。巴黎的天主教期待着霍乱流行病来拯救一切，死亡来拯救一切；我却寄希望于自由，寄希望于生命。

---

① 13世纪意大利各城邦形成贵尔弗党和吉伯林党互相对峙的局面，前者号称教皇党，后者为皇帝党。13世纪末，但丁在佛罗伦萨参加政治斗争时，加入了主要代表新兴的市民阶级和城市小贵族利益的贵尔弗党。在战胜吉伯林党取得政权后，贵尔弗党自己又分裂成黑白两党。黑党赞成教廷干涉佛罗伦萨共和国的内政，但丁靠拢对共和国前途比较关心的白党。黑党执政后，但丁被迫流亡。

这里边，就体现了我们的不同信仰。我相信，新生的法兰西，也将以自己心灵深处的热力，孵化出一种新的艺术来。这一繁重任务，也将由法国人来完成，由这个如此轻松愉快、风度翩翩，我们喜欢把它比作一只蝴蝶的法兰西民族来完成。

可不是吗，蝴蝶还象征着灵魂的不朽，象征着它的永远年轻啊。

附录2

海涅生平及创作年表

1797年　12月13日出生在德国杜塞尔多夫的一个犹太人家庭,取名哈利·海涅。父亲萨姆孙·海涅做呢绒生意,母亲贝蒂·海涅是一位医生的女儿,爱好文艺。

1807年　进入故乡的高级中学学习,直至1814年。

1815年　十八岁前往美因河畔的法兰克福,进一家银行当见习生。

1816年　十九岁去汉堡,在叔父所罗门·海涅的银行里继续见习。爱上堂妹阿玛莉,并因此写了不少爱情诗。

1818年　二十一岁时由叔父资助开办经销纺织品的哈利·海涅公司,不久即告失败。与此同时,父亲在汉堡也破了产。兴趣进一步转到了文学方面,尤其喜欢英国诗人拜伦。

1819年　在叔父资助下进入波恩大学法律系学习,曾听浪漫派的杰出理论家奥古斯特·威廉·施莱格尔的文学讲座并受到影响。参加学生运动。

1820年　秋季转入哥廷根大学继续学业,撰写论文《浪漫主义》,创作戏剧《阿尔曼梭尔》。

1821年　因与人决斗受到停学处分，遂转入柏林大学，听黑格尔讲课并深受其影响。出入柏林的一些文学沙龙，结识法恩哈根·封·恩泽夫妇，并通过他们认识了文坛名人沙密索、福凯以及罗伯特夫妇等。是年8月，因堂妹阿玛莉嫁给富有的地主弗里德兰德而大为苦恼。

1822年　创作戏剧《威廉·赖特克里夫》、散文《柏林通信》。在柏林的毛勒尔出版社发表头一批诗歌。参加犹太人文化学术协会。游历波兰，撰写《论波兰》。

1823年　在柏林的杜姆勒出版社刊行《悲剧与抒情插曲》。从柏林大学退学，在汉堡遇见并爱上堂妹特莱萨。去吕内堡探望已迁居至此的父母。

1824年　二十七岁重返哥廷根大学。游历哈尔茨山及附近地区，写成《哈尔茨山游记》；途中转道魏玛拜访歌德。

1825年　大学毕业前皈依基督教，成为一名路德宗新教徒，改名为海因里希·海涅。是年7月获得法学博士学位，旅居北海之滨的诺德尼岛，创作游记《诺德尼岛》和组诗《北海集》。希望在汉堡当律师没有成功。

1826年　《游记》第一卷（收《哈尔茨山游记》等）在汉堡的霍夫曼与康培出版社出版。再次旅居诺德尼岛。

1827年　《游记》第二卷（收《北海集》等）在同一出版社出版。旅居英国长达四个月之久，主要住在伦敦。《诗歌集》在汉堡的霍夫曼与康培出版社出版。归国后于11月移居慕尼黑，任科塔出版社《新政治年鉴》的编辑。申请大学教职未获成功。写作《英吉利片段》。

1828年　游历意大利，走访米兰、热那亚、卢卡、佛罗伦萨和威尼斯等城市。写作《慕尼黑到热那亚旅行记》。12月父亲病故。回到汉堡。

1829年　旅居柏林、波茨坦和赫郭兰岛。出版《游记》第三卷（含《卢卡温泉》等）。

1830年　三十三岁。初春发现咯血不得不休养。夏季再游赫郭兰岛，得知法国"七月革命"爆发的消息大为振奋，写成《赫郭兰岛通信》。

1831年　出版《游记补编》（含《英吉利片段》）。在汉堡谋取法律顾问的职务未果，遂于5月中旬移居巴黎，结识了巴尔扎克、柏辽兹、肖邦、大仲马、雨果、李斯特、乔治·桑等文艺界名流。开始为德国和法国的报刊撰写通讯，由此写出了《论法国画家》等一系列文艺评论，以及有关德法两国的历史、文化、哲学和社会、政治的其他论著。

1832年　为德国报刊写《法兰西现状》。

1833年　《法兰西现状》由霍夫曼与康培出版社结集出版。此外还出版了《德国近代文学史》和《沙龙》第一卷等。同年用法文为法国报刊撰写《论浪漫派》。

1834年　与巴黎姑娘E.C.米拉恋爱并同居。《沙龙》第二卷（收《论德国宗教和哲学的历史》）出版。

1835年　德意志联邦议会明令查禁青年德意志派作家的作品，海涅虽本不属此派别，却名列查禁名单的榜首。

1836年　创作小说《佛罗伦萨之夜》。《论浪漫派》经增补后结集出版。由于在德国国内不能再出书，叔父的资助也已断绝，被迫接受法国政府提供的流亡者救济金。

1837年　《沙龙》第三卷（含《佛罗伦萨之夜》《四元素精灵》等）出版。撰写《〈堂吉诃德〉序》和《论法国戏剧》。罹患眼疾。

1838年　发表《施瓦本法典》。

1839年　在巴黎的德罗叶出版社出版《莎士比亚笔下的少女和妇人》。

1840年　开始撰写论战文章《路德维希·伯尔内》，因此与某些左派文人结怨。

1841年　携女友米拉旅游比利牛斯山地区。8月31日与她正式结为夫妇，并为她取名玛蒂尔德。是年四十四岁。

1843年　发表动物史诗《阿塔·特罗尔：一个仲夏夜的梦》（叙事长诗）。时隔十三年第一次短期回到汉堡，探望母亲。

1844年　年底回到巴黎，结识卡尔·马克思。长诗《德国，一个冬天的童话》和《新诗集》合在一起出版。夏天再次短期回国。叔父所罗门·海涅逝世，开始与其家属发生遗产争执。

1847年　《阿塔·特罗尔，一个仲夏夜的梦》结集出版。创作诗体舞剧《浮士德博士》脚本。年前罹患的脊髓痨开始加重。时年五十岁。

1848年　法国爆发"二月革命",欧洲包括德国随之掀起革命高潮。

1851年　初夏最后一次外出参观卢浮宫,后因脊髓痨加剧而长期卧病于"床褥墓穴"。同年领取法国政府救济金的事为论敌所知,因此遭到攻击。诗体舞剧《浮士德博士》和诗集《罗曼采罗》出版。

1854年　《路台齐亚》结集出版。发表《流亡的神》和《自白》。

1855年　《诗歌集》出第十三版。女诗人兼翻译家爱丽丝·克里尼茨探望病中的海涅,代交一位维也纳作曲家用他的诗谱写的歌曲,从此得以常常接近诗人,成为诗人的最后一位红颜知己,再次激发起诗人海涅的创作热情,成了他最后的诗里常常提到的"飞蝇"穆什。

1856年　年初,完成绝笔诗《受难之花》。两周后的2月17日逝世,终年五十八岁,遵照本人遗嘱安葬于巴黎的蒙马特公墓。其妻玛蒂尔德一直活到1883年2月。

(王荫祺　编)